文春文庫

# 酸漿《ほおずき》は殺しの口笛

## 御宿かわせみ7

平岩弓枝



文藝春秋

目次

# 酸漿《ほおずき》は殺しの口笛

# 春色大川端《しゅんしょくおおかわばた》

## 一

吟味方与力、神林通之進《かみばやしみちのしん》が八丁堀の屋敷を出て奉行所へ出仕するのは、朝四ツ（午前十時）前と決っていた。

継裃《つぎがみしも》に雪駄《せった》ばきで、若党一人が御用箱をかついで供をする。

玄関の式台には妻の香苗《かなえ》、弟の東吾《とうご》、用人の鈴木彦兵衛が揃《そろ》って見送りに出る。

松の内のことで、八丁堀の中も、どことなく華やいでいた。

女子供のいる屋敷では、羽根をつく音がもう聞えている。

大川端の「かわせみ」でも女たちが羽根つきをしているかも知れないと思いながら、東吾が居間へ戻ってくると、兄嫁の香苗が、

「東吾様」

と呼びかけた。

「暮には大川端のおるい様から御丁寧な御歳暮の御挨拶がございました。年が改まって、この度は、私どもからあちらへ参らねばならないところですけれど、松の内はお客来があって、なかなか、私がうかがえません。すみませんが、東吾様にお願い申してよろしゅうございますか」

こういう時の兄嫁は、決して東吾をみない。

照れくさがり屋の東吾が目のやりばに困惑するのを承知だからで、これはおるい様へ、こちらは奉公人の誰それへと、心をこめた年玉の品々を東吾の前へ並べると、さも用ありげに、そそくさと奥へ入ってしまう。

「義姉上《あねうえ》の御用だ。行ってくるぞ」

風呂敷包を抱え、いばって声をかけて出て行く東吾を、用人もおかしそうに見送っている。

組屋敷を出て、日本橋川に沿って永代橋へ向って行くと大川にぶつかったあたりに大川端町がある。

小さな旅籠屋《はたご》「かわせみ」はその町の片すみにあった。

女主人、るいが町方同心の娘で、父親が急死したあと、八丁堀を出て、身すぎ世すぎのために開業した素人商売だが、今は、十いくつしかない部屋の大半が常連の客で埋まるまでに繁昌している。

東吾が町角をまがると、「かわせみ」の店の前で猿廻しをからかっていたらしい女中頭のお吉《きち》が、嬉《うれ》しそうに小腰をかがめ、あたふたと店にかけ込んで行った。

「お嬢さん、若先生がおみえになりました」

派手な声が、まだ店の外にいる東吾の耳にまで聞えてくる。

「若先生、あけましておめでとう存じます」

大戸まで、番頭の嘉助《かすけ》が迎えに出て、東吾が敷居をまたいだ時には、大輪の花のようにあでやかなるいが、帳場のところに手を突いている。

「挨拶はあとだ。みんな、義姉上から年玉をもらって来たぞ」

帳場で風呂敷包を開き、一人一人に香苗の年玉をくばってから意気揚々とるいの居間へ入ってみると、先客がいた。

町方同心の畝源三郎《うねげんざぶろう》で、東吾とは子供の時からの親友である。

「畝様には、どうしてもお願い申したいことがございまして、町廻りの前にお寄り頂きましたの」

いそいで弁解したるいの視線をたどって行くと、部屋のすみに若い女が怯《おび》えたように小さくなっている。

「なんだ、初春早々、千客万来だな」

久しぶりに、るいと差しむかいのあてははずれたが、そこは昨日今日の仲ではない余裕で、東吾はおっとり座布団に腰を下した。

たですな」


「今日あたり、東吾さんがみえるだろうと噂《うわさ》をしていたのですが、思いの外、お早かったですな」

定廻《じょうまわ》りの旦那にしては、誰に対しても丁寧な口をきく畝源三郎は、正月らしく仕立下しの竜紋裏《りゅうもん》、三つ紋付の黒羽織で、普段はあまりみなりをかまわない男だが、今日は髪も結い立て、髭《ひげ》も剃《そ》りたてで、なかなかの男前にみえる。

「三ガ日も兄上の年始廻りのお供をさせられたんだ。いい加減、恋女房がなつかしくもなろうじゃねえか」

冗談らしく笑った東吾へ、るいがたしなめるように、そっと袖《そで》を引いた。

「こちら、深川の材木問屋、檜屋さんのお嬢さんなんですよ」

娘がきまり悪そうに頭を上げた。小さく、ひきしまった愛くるしい顔の娘である。

「お志津さんっていいまして、お気の毒に、昨年親御さんが歿《なくな》られたんです」

成程、それで着ているものも、髪かざりも地味すぎるほどひかえめなのかと、東吾は合点が行った。

「源さんになにを頼んだんだ」

東吾の問いには、源三郎が答えた。

「実をいいますと、檜屋のことは、暮に深川の長助《ちょうすけ》から聞いていまして……木曾のほうへ問い合せをしている最中なのですが……」

檜屋の主人、庄右衛門は、木曾で急死したといった。

「商売物の木材をみに行ったそうですが、山方の者と途中ではぐれ、みつかった時には谷川だったようで……」

足をふみすべらして転落死したものと判断されたらしい。

「檜屋の跡《あと》つぎは……」

「お志津さんは一人娘なんです」

「聟《むこ》は決ってなかったのか」

「いろいろ、話はあったようですが……」

身のおきどころもなくなっている娘へ、源三郎が声をかけた。

「番頭の忠七も心配して居る。二、三日、こちらへ厄介になって、店の落ちつくのを待つがいい」

屠蘇《とそ》を運んで来たお吉にいいつけて、娘を客部屋へつれて行かせた。

昨夜から、女中一人を連れて「かわせみ」へ泊っているという。

「なにがあったんだ」

父親が死んだからといって、正月早々跡とり娘が家を出て、他人の家へ身をよせるというのは只事《ただごと》ではない。

「味噌汁に毒物が入っていたというんです」

源三郎が、ちょっと眉《まゆ》をひそめるようにして話し出した。

もっとも、毒物といってもたいしたものではなく、味噌汁の実にした青物の中に毒草が間違って混入していたのではないかと、医者はいったそうで、実際に味噌汁を飲んだ者たちも腹痛と下痢《げり》ですんだ。

「お志津をねらったというのか」

「わかりません。お志津が朝飯に出て来た時には、もう先に食べた連中が苦しみ出していて、結局、お志津と大番頭の伝吉は助かりました」

大番頭の伝吉は暮から風邪をひいてひきこもっていて、この朝もお志津は彼に薬を煎《せん》じてやっていて飯に遅れた。

「腹をこわしたのは誰なんだ」

「檜屋にいた奉公人のほとんどで、ただ正月のことで通いの者は休んでいまして、店のほうで暮していたのは、死んだ主人の妹夫婦とその悴《せがれ》、それに、番頭の忠七、手代が二人、下働きの女たちということですが」

人殺しをねらったものか、たまたま台所のほうの不注意なのか、今のところ、判断はしにくいと源三郎はいった。

「ただ、番頭の忠七というのが、ひどく心配をしまして、お志津にもしものことがあっては、と、こちらへ頼んで来たそうです」

多分、檜屋へ出入りをしている御用聞きの、深川の長助あたりが智恵をつけたのだろうと源三郎は笑っている。

「檜屋にお家騒動の根は、あるのか」

奉公人が、一人娘のお志津がねらわれるのではないかと考えた裏には、それ相応の理由がなければならない。

「長助の話では、檜屋の奉公人は大方、主人の身内で固めてあるそうで、その辺に問題がありそうですな」

大番頭の伝吉は、庄右衛門の弟であり、同じく番頭格の又五郎というのが、庄右衛門の妹の聟である。この夫婦の息子の弥吉という二十五歳になる男も、檜屋の手代として働いている。

「木曾で死んだ主人はいくつだった」

「四十五です」

「女房は……」

「十年前に死んで、後添えはないそうです」

流石《さすが》に定廻りの旦那だけあって、源三郎の檜屋に対する知識はしっかりしている。

「とすると、妾《めかけ》はどうだ」

三十代に女房をなくして、後添えがないというと、

「男盛りに女っ気なしというのはおかしかろう」

「浅草の橋場のほうに妾宅がありまして、おえんという、元吉原の新造だったのがいるそうです」

「そっちに子供は……」

「流石ですな、東吾さん」

源三郎が苦笑した。

「孝太郎という五つになるのがいますよ」

「八丁堀の旦那も、お調べが行き届いているじゃねえか」

「それが商売ですからね」

「正月早々、背中に輝《ひび》が切れるわけだ」

よく晴れている大川を眺めて、東吾は傍《そば》のるいへいった。

「永代を渡って深川まで行ってくるか。富岡八幡の初詣《はつもうで》というのは悪くあるまい」

二

永代橋を渡って門前町へ入ると、参詣《さんけい》客の姿がみえたが、三ガ日と違って人の出は少い。

「いい夫婦連れが、町方の旦那にひっついて歩いているのも奇妙だな」

東吾が笑い、

「それじゃ、少々、はなれて行きますか」

源三郎が律義な返事をした時、深川の長助がこっちへ走ってくるのがみえた。

「ぼちぼち、旦那がおみえになる刻限だろうと、番屋でお待ち申そうと思ったんですが……」

「檜屋に、なにかあったのか」

横から東吾がうながして、長助はへいと大きく頭を下げた。

「実はその、旦那の妾が店へ乗り込んで来まして、番頭連中とやり合っていますんで……」

「面白そうだな、行ってみるか」

るいには長助の店で待つようにいい、東吾は大股に木場のほうに歩き出す。

「東吾さんも野次馬ですな」

「朱にまじわれば赤くなるって奴さ」

檜屋は、このあたりに軒を並べている材木問屋の中でも大店《おおだな》であった。

表には忌中の札が出ているが、長助が戸口へ顔を出すと若い手代がとんで来た。

「小指《れこ》はどうした……」

「当分、ここで暮すような話です。なくなった旦那から書いたものをもらっているそうで、中番頭の忠七さんが随分、やり合いましたが、結局、大番頭さんがこれ以上、世間をおさわがせしてはみっともないからとおさめたようでございます」

源三郎と東吾が戸の横からのぞいていると様子をききつけたのか、若い女が奥から出て来た。

「お役人さまでございますか」

色っぽい割には神妙な物腰で、

「どうぞ悪く、おとりにならないで下さいまし。この子のために、今、ちゃんとしておかないと、とんでもないことになると人さまからもいわれまして……」

懐《ふところ》から遺言書のようなものを取り出して、長助へ渡した。

「どうぞ、お上のお慈悲をお願い申します」

源三郎が開いてみると、遺言状というような体裁ではないが、孝太郎を自分の子として認め、成人した時には檜屋の暖簾《のれん》わけをさせること、或いは、万一、お志津が他家へ嫁入りするような場合には、孝太郎に家督を継がせること、などが書いてある。

「これは、主人の筆蹟か」

おえんのあとから店へ出て来た番頭の忠七に源三郎が訊ねると、困った顔でうなずいた。

「ですが、なにも、こんな時に店へのり込んで来なくとも……」

女が激しい調子で遮《さえぎ》った。

「なにいってるんだい、あたしが知らないとでも思ってるの。この家の女狐が出来の悪い悴を三代目にしたがってるってことをよ」

店の奥に人影が立った。

「長助親分、町方の旦那がお寄り下すったのなら、ちょっとこちらへお通し申して下さいまし」

背はあまり高いほうではないが、でっぷりした柔和な男である。

「歿《なくな》った旦那の妹の御亭主で、又五郎さんとおっしゃいます」

長助が教えた。

通されたのは中庭に面した奥座敷で、南むきの障子に陽がさしている。

「どうも、正月早々、お手数をおかけして申しわけございません」

又五郎が詫《わ》びたのは、味噌汁の事件のことで、

「台所の者の不注意を、折が折とて世間がなにやかやと尾鰭《おひれ》をつけて申します。どうも困ったことで……」

茶を運んで来た女にいいつけた。

「おえんさんには離れの部屋をあけてやるといい。なんといっても歿った兄さんが子までなした仲なのだから、不人情なことはしないように」

女はなにかいいたそうだったが、そのまま顎《あご》をそらせるようにして出て行った。瘦《や》せぎすで、如何《いか》にも神経質そうな感じがする。

「今のは……」

東吾が訊ね、

「これはどうも、御挨拶もさせませんで……手前の女房で、おつねと申します」

如才なく又五郎が頭を下げた。

「庄右衛門の妾が、女狐呼ばわりしていたようだが、思い当る節でもあるのか」

東吾がずけずけといい、源三郎のほうはお株を奪《と》られた恰好《かっこう》でにやにやしている。

又五郎は、ぼんのくぼへ手をやるような仕草をしながら、東吾を眺めた。八丁堀の旦那のつれの侍が、どういう身分なのか、見当がつきかねている様子である。

「おえんさんが申しましたのは、多分、手前共の悴の弥吉のことでございましょう。たしかに歿った義兄《あに》から、弥吉をお志津さんと夫婦にしてというような話があったこともございましたが……」

「断わったのか」

「いいえ、当人同士の気持をきいてみてといって居ります中《うち》に……」

「弥吉に、その気はあるのか」

「悴は商売に一生けんめいでございまして」

「そうでもあるまい。二十をすぎた色気盛りが、お志津に気がないというなら、どこかにいいかわした女でもあるのか」

「とんでもない。悴に限って、そのようなことがあるわけがございません」

その弥吉が部屋へ顔を出した。

「お話中、ごめん下さいまし。大番頭さんが御挨拶申し上げたいといいまして……」

大番頭の伝吉は病み上りの顔で入って来た。

四十というにしては老《ふ》けてみえるのも、心痛が体中に滲《にじ》み出ているせいかも知れなかった。

「忠七がお志津さんを大川端の宿へあずけたとききましたが、長助親分のお指図で……」

長助が答える前に、これも東吾が返事をした。

「大川端のかわせみは、むかし八丁堀で鬼と呼ばれた捕方が、かたぎの番頭をつとめているんだ。安心して、家の中が片づくまで、大事な娘をあずけておくのがよかろうよ」

「あなたさまは……」

「俺は、かわせみの用心棒さ」

檜屋の外へ出てから、源三郎が東吾へいった。

「東吾さんの勘では、どうですか」

「それ相応に欲の皮は突っぱっているようだが、たいした悪党はいそうもないな」

「主人を殺してまで、店の身代を乗っ取ろうという奴はいませんか」

「殺されたのか、檜屋は……」

「今のところ、五分五分ですな」

長助の本業は蕎麦屋《そばや》で、これはもう正月三日から店をあけている。

待っていたるいと種物《たねもの》で軽く一杯やりながら、長助が檜屋で訊いた話を改めて、東吾に喋《しゃべ》った。

主人について木曾へ行ったのは大番頭の伝吉と、忠七の二人だが、庄右衛門が遭難した時は、どちらも同じように山道ではぐれてしまって命からがら山を下りて来たという。

「なんでも、急に霧が出て、迷ってしまったそうで、山ではよくある話だとかいいます

「が……」

疑えば、二人のどちらもが疑わしいし、

「江戸で留守をしていた連中にしたところで、人を使ってということになったら、出来ないものでもございません」

檜屋と取引のある木曾の山方の者は、毎年、木材と一緒に江戸へ出て来ているし、その中の誰かに大金をつかませて、庄右衛門を殺させる方法がないわけではない。

「江戸と違って、木曾の山の中では、お上のお調べもやりにくいことでございましょう」

腹ごしらえをして町廻りに出て行く源三郎と別れて、東吾はるいと富岡八幡へ参詣し、大川端の「かわせみ」へ帰った。

その夜は無論、るいの部屋で、正月早々の「かわせみ」は泊り客も少く、はやばやと夜が更けた。

翌朝、深川の長助が「かわせみ」へ知らせに来たのは、東吾が朝湯をつかっている最中で、

「檜屋の弥吉が死にましたんで……」

今朝、木場の堀の水に浮いているのを人足がみつけて大さわぎになっているという。

「源さんには知らせたのか」

「畝の旦那は、もう深川へお出ましになりました」

「かわせみ」へ声をかけて来い、といわれて寄ったといい、長助はすぐにとび出して行った。

「昨夜の今朝だというのに野暮な男だぜ」

憎まれ口を叩きながら、東吾はるいにいいつけて、居間にお志津を連れて来させた。

「お前の店の弥吉が死んだそうだ」

東吾が告げると、お志津は顔色を変えたが、取り乱す様子はなかった。

「木場の堀の中で死んでいたとしかきいていないが、まず過失ではあるまい」

材木屋の手代が木場の堀へ落ちて死ぬとは思えない。

「こういう際だから、遠慮なしに訊くが、お前と弥吉を夫婦にするという話をきいたことがあるか」

お志津は少し赤くなったが、返事にためらいはなかった。

「お父つぁんからきいたことがございます。むこうから、そういう話があったが、どう思うといわれました」

「お前さんは、なんて返事をしたんだ」

「お父つぁんも、従兄妹《いとこ》同士は血が近いからと申しましたし、私も……」

「気が進まなかったか」

「はい」

東吾をみつめて、はっきりうなずいた。

「お前、好きな男はいないのか」

お志津が更に赤くなった。

「ございません」

「本当だな」

「嘘は申しません」

東吾が笑い出した。

「十八にもなって、好きな男もいないというのは、よっぽどの箱入りだな」

お志津は口惜しそうな顔をしたが、

「私、店へ戻らなくてよろしゅうございましょうか」

「葬式には帰らなけりゃなるまいが、今、行っても仕方あるまい。その中、源さんが誰かを迎えによこすだろう」

それまでは、ここで待っていたほうがいいと勧めた。

「ついでに訊くが、おえんという女をどう思う」

娘の表情に勝気な色が浮んだ。

「好きか嫌いかのどちらかとおっしゃるなら、嫌いでございます」

「はっきりしているなあ。お前は……」

外に風の音がしはじめていた。

天気が変るらしい。大川の上の空も、今日は曇っている。

# 三

檜屋から番頭の忠七が迎えに来て、お志津は、弥吉の仮通夜へ出かけて行ったが、香《こう》華《げ》をたむけると、今度は畝源三郎に送られて「かわせみ」へ戻って来た。

「どうも、あの家にはいたくないそうで……」

父親と母親の位牌《いはい》まで持ち出して来ていて、「かわせみ」の自分の部屋に経机《きようづくえ》をおいてもらって線香をあげている。

「庄右衛門の妾が、店へ来ていたのが、気にくわないのかも知れません」

みかけよりも、かなり気は強そうだと源三郎がいい、東吾も笑った。

「深川育ちは、女でも気が荒いんだ。下手なことをいうとひっぱたかれるぞ」

その東吾は八丁堀の屋敷には使をやって、

「源さんの仕事を手伝っていますので……」

といわせ、「かわせみ」に居すわっている。

「いい口実にされますな」

苦笑しながら、源三郎が語った弥吉の死にざまは、頭を木材の角のようなものでなぐられて堀へ落ちて溺死《できし》した様子だという。

「この寒さですから、溺れ死ぬ前に息が絶えたに違いありませんが……」

殺された時刻は、おおよそ夜半。

「商売を休んで居りますから、夕飯がすむとみんな早寝をしたそうで、弥吉は二階の角部屋に一人で寝て居りますが、いつ、出て行ったのか、気づいた者はありません」

「下手人の見当はついたのか」

「証拠はなにもありませんが、弥吉の母親は、おえんが息子を殺したと泣き叫んでいます」

「女が大の男を、角材でなぐって堀へ叩き込んだのか」

「不意をねらえば出来ないことではありませんが……」

おえんに呼び出されて、弥吉が深夜、戸外へ出て行くかどうかと源三郎はいう。

「おえんと弥吉親子は犬猿の間柄ですし……」

「色気で誘ったら、どうなんだ」

「弥吉は、お志津に気があったようですよ」

「お志津には、気がなかったんだ」

「そのようですな。焼香をしても涙もこぼしませんでした」

「ひょっとすると、弥吉はお志津に手を出して、ひっぱたかれたことがあったのかも知れないぞ」

弥吉親子が色と欲でお志津をねらったとすれば、一つ家の中であった。父親の庄右衛門が生きていた時ならともかく、今のお志津は孤立無援であった。

「それで、番頭の忠七が長助に頼んで、お志津をここへ連れ出したのかも知れないな」

檜屋の店を出るというのが、お志津自身の決断だとすると、弥吉に対する彼女の反応も納得が行く。

「忠七という番頭はどうなんだ。あれも独り者だろう」

三十そこそこで、檜屋のような大店の番頭というのは出世頭に違いない。

「あれは身内ではないそうです」

檜屋の他の奉公人と同じく、木曾から出て来て、小僧、手代とつとめ上げて番頭になった。

「庄右衛門は目をかけていたそうですし、近所の評判も悪くはありません」

「娘の聟にという話は、なかったのか」

「それはないでしょう。長助の話ですと、幼なじみが木曾にいるそうで、旦那がこんなことにならなかったら、ぼつぼつ江戸へ呼んで祝言をするつもりだったと、長助にこぼしたといいますから……」

「そいつは気の毒だな」

なんにしても、当分、檜屋からは目を放すな、と長助のところの若い連中が下知《げち》を受けて緊張しているらしい。

弥吉の葬式は、松飾りのとれるのを待って、ごく内輪で行われた。

家の中の様子をうすうす知っているだけに近所の人も、焼香に顔を出すだけで長居はしない。

流石に、この日はお志津も朝から店へ来て、大番頭の伝吉と並んで弔問客の挨拶を受けていた。

なにしろ、弥吉の母親が寝ついてしまって、亭主の又五郎は棺の前と女房の部屋を行ったり来たりしていて落ちつかない。

日が暮れる頃には野辺送りも終って、店へ戻って来た人々はやや放心の体《てい》で、茶をもらったり、凍えた体を火鉢であたためたりしていた。

女の叫び声がしたのは、そんな最中で、

「孝太郎、しっかりおし……孝太郎……」

というおえんの悲鳴でかけ寄った人々は、口のまわりをぼたもちの餡《あん》だらけにして虫のようにもがいている五歳の子供の様子に仰天した。

すぐに近所の医者が呼ばれたが、孝太郎は血泡をふいて息が絶えている。

調べてみると、孝太郎が食べたぼたもちには、かなりな量の石見銀山《いわみぎんざん》ねずみとりの薬が入っていた。

ぼたもちは、葬式のために、檜屋の台所で作ったものであった。下女たちに指図しておつねが泣き泣き、わが子の供養のために小豆を煮、つぶして、つきたての餅にまぶしたのを大皿に盛って仏壇へ供えておいたのだが、野辺送りが終って帰って来た時、それを下げて家の者が食べようとした。

一番先にもらって食べたのが、孝太郎であったのだ。

檜屋の内は、再び、修羅場になった。

「いやもう、えらい騒ぎでございます」

お志津を「かわせみ」へ送って来た長助が流石に青い顔で話したところによると、孝太郎の母親のおえんは、ぼたもちに石見銀山を仕込んだのは、おつねの仕業と信じて、女二人がとっ組み合い、刃物まで持ち出してのてんやわんやだったという。

「仕方がございませんので、おえんは橋場の家のほうへ連れて行きまして、大番頭の伝吉さんが手代と一緒に、そっちで孝太郎の弔いを出すそうでして……」

この先、どうなるのかと長助は頭を抱えている。

夜になって八丁堀から東吾が「かわせみ」へ来た。畝源三郎と一緒で、二人そろってお志津の部屋へ行った。

「どうも、いやな事件になった」

五歳の子供が毒殺されたというのは同じ殺人事件にしても陰惨であった。

お志津もこの前の時以上に衝撃を受けたようで、両親の位牌の前には新しい線香が薄く煙を引いている。

「訊きたいのは、ぼたもちのことだ」

檜屋の者で、ぼたもちを食べる可能性のあるのは誰だと思うかと東吾に聞かれて、お志津は、ちょっと考えてから答えた。

「又五郎叔父さんの他は、みんな食べます」

か」


「又五郎は甘いものが嫌いか」

「男のくせに饅頭なんぞ食う奴の気が知れないとよくいっていました」

「お前はどうなのだ。もしも、孝太郎が苦しみ出さなければ、ぼたもちを食べていたか」


お志津が首をふった。

「私は頂きません。あの家でものを食べるのは剣呑《けんのん》だと思っていますから……」

「誰かが、お前を殺すと思うのか」

「お父つぁんが殺されたのなら、あたしも危いと思っています」

「庄右衛門は誰に殺されたと思う」

「それがわかれば、じっとしては居りません。お上に訴えて、敵《かたき》を討っています」


るいの部屋へひきあげて来て、東吾は源三郎へいった。

「たいした娘だろう」

「深川育ちを嫁にもらうものではありませんな。ああ、やりこめられてはかないませんな」

「あれじゃ、並みの男は馬鹿にみえるだろう」

「いつまで経っても、下手人の挙げられない町方役人なぞも、腹の中で大いに馬鹿にされているようですな」


実際、小娘に軽蔑されても仕方がないほど、檜屋の事件は埒《らち》があかなかった。手がかりがない中《うち》に、他の事件が起るというのも、やりにくかった。

「みかけ通り、女二人が憎み合って、おたがいの子供を殺したとも考えられますが……」

庄右衛門が事故死で、味噌汁の事件が偶然なら、そういう判断も成り立たないわけはない。

「それで、あの娘が納得するか」

「おそらく、しないでしょうな」

源三郎も、東吾も納得していない。

「庄右衛門が、木曾で死んだのでなければと思いますよ」

江戸の定廻りが、よほどでなければ他の土地まで出かけて行って真実を調べるというわけには行かない。

「俺が木曾まで行って来ようか」

それより方法はないと東吾は考えていた。

「今度、ねらわれるとすれば、お志津ではないのか」

殺された二人は、どちらも檜屋の跡つぎとなり得る立場であった。が、もっとも正当な相続人はお志津である。

「あの娘が滅法、利口で勘のよすぎるのが、俺は気になるんだ」

「東吾さんに木曾まで行って頂きたいのは、やまやまですが、神林様がなんとおっしゃいますか」

東吾が旅立つには兄の通之進の許しがなければならない。

畝源三郎が八丁堀へ帰るのと入れ違いに、檜屋の番頭忠七が、お志津のところへ来た。

橋場では、今夜、孝太郎の通夜が行われるが、お志津は来ないほうがいいという、大番頭の伝吉のことづけだという。

「おえんは、どうしている」

「かわせみ」の帳場まで出て行って東吾は忠七に訊ねた。

「何分にも魂が抜けたような按配でございまして……」

諸事万端は、伝吉が面倒をみている。

忠七が帰って行くのを、お志津は上りかまちに立って見送っていたが、東吾と視線が合うと会釈をして自分の部屋へ戻って行った。

「檜屋さんも、大変なことになりましたな」

くぐり戸を閉めた、「かわせみ」の番頭の嘉助が東吾に話しかけた。

「深川では、一、二を争う大身代でございますが……」

「死んだ庄右衛門は二代目だそうだな」

嘉助がむかし、るいの父親の配下で日本橋界隈《かいわい》はもとより、深川本所あたりまで、かなりくわしいのを思い出して、東吾は訊ねた。

「左様でございます。先代は木曾の出身でして、その縁からいい山方を持って居りました」

材木商はなんといっても木材を供出する山方をしっかり押えておかなければ、いざという場合に勝負に出られない。

「檜屋の先代の頃は、大火が多うございましてね。材木問屋はそれで随分大儲《おおもう》けを致したようです」

そういう意味では、人の不幸が商売繁昌につながる。

「ですが、別に材木屋が悪いわけじゃございません」

人に怨《うら》みを受ける商売でもなかった。

夜が更けて、寒気は更にきびしくなった。

「雪になるかも知れませんね」

東吾に抱かれながら、るいがそっとささやいた。

四

夜明けまでに、雪はおよそ一寸ほど積った。

大川端から眺める対岸は、どこもまっ白で、朝陽の反射を受けて、目が開けられないほどの眩《まぶ》しさであった。

「これじゃ、すぐ溶けて泥んこになるぞ」

起き抜けに東吾が八丁堀の屋敷へ戻って行ったのは出仕前の兄に、檜屋の話をしてみ

ようという気になったからだが、神妙に庭の植木の雪落しをしていると、兄嫁の香苗が、

「畝様がみえましたよ」

廊下から声をかけた。

畝源三郎は門を入ったところで、これも雪を払っていたらしい用人と立ち話をしていたが東吾をみると、なんともいえない表情になった。

「檜屋です。又五郎夫婦が死んだそうです」

八丁堀から大川端を横目にみて、永代橋を渡ると、長助のところの若いのが迎えに出ていた。

「夫婦で飲んだ酒に石見銀山が入っていたんだそうで……」

威勢のいいお手先が薄気味悪そうであった。

檜屋は、がらんとしていて、長助が青い顔でがんばっている。

又五郎夫婦は自分達の部屋で血を吐いて死んでいた。普段着のままで、部屋の炬燵《こたつ》の上には徳利と盃《さかずき》が二つ、酒の肴《さかな》にしたらしい小鉢のものが、ろくに箸《はし》もつけないで残っている。

みつけたのは忠七で、これは大番頭の伝吉が、朝になっても部屋から出て来ない又五郎夫婦をおかしく思って、忠七に声をかけさせて、はじめて異常を知った。

「医者の話ですと、死んだのは昨夜の中だそうです」

長助がそっとささやいて、源三郎は店の者を階下の部屋に集めた。

番頭が伝吉と忠七、手代が二人、小僧が三人、女中が二人で、誰も死人のような顔をしている。

「昨夜、自分がどこに居たかをお話ししろ」

長助が声をかけ伝吉がおろおろと口を切った。

「手前はおえんさんについて橋場のほうへ参り、通夜が終りましてから、こっちへ戻りました」

途中で雪が降り出した。

「店へ戻ったのが四ツ（午後十時）すぎでございました」

寝ぼけまなこで出迎えた手代の余助にきくと、まだ忠七が戻っていないという。

「手前が橋場から大川端のお志津さんへ使にやりまして、一度、店へ戻って来てから、手前を迎えに橋場へ行ったそうで、これは行き違いになったと思いまして、待って居りますと、半刻（一時間）も経たない中に忠七が帰りまして、それから戸じまりをしてやすみました」

伝吉が帰った時には、又五郎夫婦は自分達の部屋へ入っていて、

「遅うございましたし、別に声もかけませんでした」

「又五郎夫婦の部屋の灯は消えていたのか」

源三郎が口をはさみ、伝吉は頭を下げた。

「はい、まっ暗でございました」

長助が自分で又五郎夫婦の部屋の行燈《あんどん》を持って来た。

「油が切れて居ります」

燃え尽きて、消えた状態であった。医者の言葉と合せてみると、伝吉が戻って来た時、又五郎夫婦はすでに死んでいた可能性が強い。

又五郎夫婦の部屋に酒や肴を運んだのは、女中のおきみであった。

「わたしが御膳を運んで行く時、忠七さんが帰って来ました」

大番頭がまだ帰って来ていないとおきみに聞いて、橋場へ出かけて行ったという。

又五郎夫婦が、その夜、自分達の部屋へ遅い夕餉《ゆうげ》の膳を運ばせたのは、店には手代と小僧と女中だけだったし、寒いということもあって、

「お部屋のほうで召し上るといわれました」

おきみが酒を運んで行くと、あとはもういいから台所の火の始末をして寝るようにといわれ、その通りにしてやすんだといった。

なにしろ中庭のある広い家で、奉公人の起居する店のほうと、主人とその身内が住む奥とは、かなり離れている。

奥のほうで暮しているのは、死んだ庄右衛門と娘のお志津、それに、伝吉と、又五郎夫婦であったが、この夜、残っていたのは又五郎夫婦だけであった。

忠七は、おきみがいうように、五ツ半（午後九時）に店へ戻り、すぐに橋場へ行ったが、

「表の戸も閉って居りましたし、二、三度、声をかけましたが返事もございません。これは、大番頭さんと行き違いになったかと存じましたし、雪も降って参りましたので……」

そのまま、深川へひき返した。店へ着いたのが九ツ（午前零時）前だから、伝吉のいう時刻とも一致する。

自分が運んだ酒の中に石見銀山が入っていたと知らされて、おきみは泣き出したが、どう考えても、この女中が又五郎夫婦を毒殺したとは思えなかった。

「まさか、自殺……心中じゃございますまいね」

長助が東吾の耳にささやいたのは、どうにも下手人が見当らないからで、

「孝太郎を殺したのが、おつねの仕業だったとすると、罪の呵責《かしやく》って奴で……」

橋場から使が息を切らしてとび込んだのは、そんな時で、

「おえんさんが首をくくって居りました」

すぐお出ましを願いますといわれて、檜屋の人々は雷に打たれたような衝撃を受けた。

おえんは、仏壇のある部屋の鴨居《かもい》に紐をひっかけて首をくくって死んでいた。膝のところをしごきで結んでいる様子から覚悟の自殺とみえる。

「孝太郎が死んで逆上したんでしょうか。それとも、やっぱり、弥吉を殺したのは、おえんだったんでしょうか」

下っ引の善六というのと二人がかりでおえんの死体を鴨居から下しながら、長助がし

きりに水っぱなをすすり上げた。

たて続けの死人さわぎで、檜屋の伝吉も忠七も腑《ふ》抜けのようになってしまって、全く、役に立たない。

橋場のおえんの家は、隣近所がなかった。しいていえば、右隣は寺の境内であり、左隣は空地となっている。

家に奉公人はいなかった。

「前には女中がいたんですが、おえんさんが深川へ乗り込んで来た時に、暇をとってしまったようなんで……」

一日が深川と橋場で暮れて、東吾が大川端の「かわせみ」へ寄ると、るいがすぐにいった。

「お志津さんが東吾様がおみえになったら、お話したいことがあるとかで……」

又五郎夫婦とおえんの死んだことは、長助のほうから知らせが来て、お志津の耳にも入っているという。

「実は、俺もお志津に用があるんだ」

東吾は一人で、お志津の部屋へいった。

なにを話し込んでいたのか、一刻（二時間）もすると、

「お志津を深川へ送ってくる」

駕籠《かご》を呼んでくれといわれて、嘉助が驚いた。

「こんな時刻にでございますか」

すでに五ツ（午後八時）が過ぎようとしている。

「お志津が家へ帰りたいというんだよ」

お志津を駕籠へ乗せ、その横につき添うようにして、東吾は「かわせみ」を出て行った。

「お嬢さん、いいんですか。若先生、なんだかあのお嬢さんに親切すぎるような気がしませんか」

女中頭のお吉がいいつけたが、るいはなにもいわずに、部屋へ入ってしまい、「かわせみ」は、少々、気まずい夜になった。

お志津は番頭の伝吉と忠七に迎えられて檜屋へ入り、東吾は入口で別れを告げて、空いた駕籠に乗って帰った。

家の中は、ひっそりと静まりかえっている。

お志津は一度、仏間へ入って両親の位牌を戻し、香華をたむけて一人、長いこと出て来なかった。

居間には忠七だけが待っていた。

「奉公人は一人残らず、親許へ戻しました。みんな気味悪がって居りますし、店も当分は休まなければなりませんので……」

「お前は暇をとらなかったの」

お志津は火鉢の脇へすわって、小さな咳払《せき》いをした。

「手前はお志津さん次第でございます」

忠七が顔を上げた。ふてぶてしいような微笑が浮んでいる。

「あたしの返事は前にいいました」

男の膝が動きかけたので、お志津は腰を浮かした。

「あたしが知らないとでも思っているの。おえんとあんたが他人じゃないことぐらい、お父つぁんもあたしもとっくに気がついていたんですよ」

二人が同時に立ち、お志津は火箸を摑んでいた。

「何故、おえんさんを殺したの。おえんさんと一緒になって、この店を乗っとる心算《つもり》じゃなかったの」

忠七が女のような笑い声を立てた。

「おえんが焼餅を焼きやがったからさ」

「なんですって」

「俺と伝吉の仲に気がついたんだ」

お志津の声がなくなった。

「驚くことはねえだろう。世の中には男が男に惚《ほ》れることは珍しかねえ。だが、俺は違うんだ。俺はお前が好きだ。なんといわれても一度はお前の体を自由にしなけりゃ気がすまねえ」

動こうとして、お志津は足がすくんでいるのに気がついた。

叫ぶつもりが、咽喉《のど》に声がはりついている。

「お前が俺を嫌っているのは知っている。だからな、好きなだけ抱いたらあの世へ送ってやるよ。おえんと同じだ。たて続けの店の不幸に、世をはかなんで首をくったとさ」

ありったけの力で、お志津が叫んだ。

「そんなことで、お上が欺《だま》されるものか」

「お上は証拠がなけりゃどうにもならねえ。俺も伝吉も暫《しばら》くは店を閉めて、じっとしているさ」

「お父つぁんを殺したのは、二人して……」

「お前が、俺とおえんの仲に気がついたからだ。今まで辛抱してお払い箱じゃたまらねえや」

「鬼……」

お志津の手から火箸がとんで、それがきっかけのように、忠七がお志津にとびかかった。

お志津が体ごと、襖《ふすま》にぶつかった。

襖が倒れて、その部屋から東吾が声をかけた。

「忠七、やっぱり、お前だったんだな」

お志津を背中にかばって、前へ出た。

「色と欲ってのは珍しかねえが、人殺しが病《やまい》ってのは驚いたぜ」

忠七が逃げた。

廊下には畝源三郎が立っていた。

「東吾さん、伝吉は召し捕りましたよ」

五

伝吉と忠七に死罪の申し渡しのあったのは早かった。

「かわせみ」の庭に紅梅が咲いた午後に、東吾がるいの部屋へ入ると、畝源三郎と長助が、昼間から赤い顔をして茶碗酒を手にしている。

「実は、檜屋のお志津さんから薦《こも》かぶりが届きまして……」

世話になった礼と一件落着の祝いらしい。

「東吾様は、深川へいらして、お志津さんのお酌で召し上ったほうがよろしゅうございますって……」

なんの気なしに、るいの隣へすわった東吾は、いきなり背中をつねられて、しかめっ面になった。

「なんだ、昼間っから……」

「こんなにさんざん、きかされて、夜まで待てるものですか」

るいが本気で口惜しそうな顔をし、源三郎が、困った笑いを片頬に浮べた。

「悪いところへ来ましたよ、東吾さん。長助はいい奴ですが、酒が入ると、つい、本当のことを喋《しゃべ》るくせがあります」

長助がすっかり酔っ払った顔で二、三べん頭を下げた。

「しかし、まあ、悪い奴でしたよ、忠七ってのは。いくら、惚れたお志津さんにこっぴどくふられたからって、主人の妾といい仲になったあげくに、主人殺し、おまけに主人の弟とおかしな仲になっていたなんて、薄気味悪くてお話になりませんや」

男が男に惚れると泥沼は女以上というが、伝吉の忠七に対する深情も相当のもので、

「仮にも、実の兄貴を殺すってのを、みてみないふりでいたんですから……」

庄右衛門を殺し、檜屋の身代を乗っ取るのに邪魔になる人々を片はしから殺していった。

「人を殺すと胸の中が、すっとするってんですから、化け物みてえな奴ですね」

るいが手をのばして、長助の背中を軽く叩いた。

「そんなこと、どうでもいいから、さっきいったこと、もう一度、いってごらんなさいな。檜屋のお志津さんが、親分になんていいなすったんですって……」

「それがね、若先生にそっくりの男が出て来ない限り、ずっと一人で、檜屋の店をやって行きます、絶対に嫁にも行かない、養子もとりませんってんで、手前も畝の旦那も、あいた口がふさがらなくなっちまって……」

るいが、つんとして源三郎をふりむいた。

「畝さま……畝さまもおっしゃいましたよね。畝さまが忠七をお召し捕りにした時、お志津さんが、どうなさいましたって……」

源三郎が下をむいて笑い出した。

「いってもいいですか、東吾さん。あの娘がいきなり東吾さんにしがみついて、ぶるぶる慄《ふる》えて泣き出して、東吾さんは一刻《いっとき》あまりもお志津さんの背中をさすって、なぐさめて」

東吾の手が動く前に、源三郎が襖のそばまでとび下った。

「手前は、これから檜屋へ参りますが、お志津さんにおことづけがあるなら……」

「馬鹿野郎、るいに塩をまかれない中に、早く消えちまえ」

大きな笑い声を残して、源三郎が長助をひっぱって去ると、るいの部屋は二人きりになった。

「馬鹿だな、二人にかまわれたのが、わからないのか」

るいのうるんだ目をみて、ゆっくりひきよせた。

「俺達が仲がよすぎるんで、あいつら、気がもめて仕方がないんだとさ」

ほんの少し開けてある障子のむこうの大川に、舟が漕《こ》ぎ下って行くのがみえる。

るいの肩を抱いた儘《まま》、立ち上った東吾は、片手で障子を閉めた。

部屋の中は、春の気配がいっぱいの午《ひる》すぎである。

# 酸漿《ほおずき》は殺《ころ》しの口笛《くちぶえ》

## 一

女たちの声を、神林東吾は蚊帳の中で聞いていた。

大川端にある小さな旅宿「かわせみ」の女主人、るいの部屋で、開けはなしてある障子のむこうから川風がいい具合に枕許へ吹き込んでくる。

朝は、まだ、かなり早いようであったが、夏のことで四辺《あたり》はもう明るい。

起き上って蚊帳の裾《すそ》をまくると、縁側に立っていたらしいるいが慌てて、部屋へ入って来た。

「おめざめになりましたの。まあ、お吉が大きな声を出すものだから……」

「枝豆と茄子《なす》がどうとかいってたじゃないか」

さっさと寝巻を脱ぎ捨てると、るいが背中へ廻って姉さん女房よろしく白麻の絣《かすり》を着せかける。

「葛西《かさい》から舟が来ているんですよ。枝豆のいいのがあるから、東吾様にどうでしょうって、そんなこと一々、訊《き》きに来なくったってお吉が宰領すればいいのに……」

葛西は、その頃の江戸の市民にとって食膳の宝庫であった。

葛飾の小松菜は日本一の美味といわれたし、寺島村の菜も悪くない。隅田村の芋に綾瀬川の蜆《しじみ》、向島は鯉が名物だし、三囲下《みめぐりした》の白魚は珍味であった。

朝一番に、採れたてを小舟に積んで大川を漕《こ》ぎ下って売りに来る。なんといっても新鮮だし値段も安いので、「かわせみ」の女中頭のお吉は毎朝、待ちかまえていて、あれこれと買いまくる。

着がえをすませた東吾が、るいと一緒に庭へ出てみると、大川へ沿った波よけの石垣のむこう側で、お吉の陽気な声が聞えていた。

庭から石垣へ上ってみると、大川の川べりには砂まじりの平地が少々あって石垣の上からはそこへ下りて行く石段がついている。

平地の部分は、大川に水かさが増えれば、勿論、水の下になるのだが、今は僅《わず》かながら草も茂り、川蟹《かわがに》が歩き廻っている。

葛西からの野菜舟は、そこにもやっていた。舟の上には竹の籠がいくつもおいてあって、つややかな茄子や胡瓜《きゅうり》、泥のついたままの大根や青菜が朝の陽を浴びていた。

「お嬢さん、みて下さいよ。この枝豆のたっぷりしてること」

お吉が自慢そうにみせた枝豆は、たしかにこの辺りの八百屋の店先にあるものよりも、豆の大きさが見事であった。

八丁堀の兄の屋敷では、滅多に台所をのぞいたことのない東吾なので、物珍しく舟の中を眺めていると、近くで急に蛙の啼《な》いたような音がした。

若い女が、お吉の渡した竹笊《たけざる》にせっせと茄子を入れている。まだ子供子供した彼女の口許が動くと、そろりと赤い酸漿《ほおずき》がみえて、ぎゅっと音が押し出される。

口の中で酸漿を鳴らしながら仕事をしているのが、如何にも百姓の小娘らしかった。舟にはもう一人、これもせいぜい二十一、二という若者が乗っていて、こっちは蜆を両手ですくって、「かわせみ」の女中の桶《おけ》へ移していた。

「若先生、そちらでございますか。八丁堀から畝の旦那が、おみえになりました」

石垣の上から、「かわせみ」の老番頭、嘉助が呼んで、

「まあ、大変、とんだ世話場をおみせしちまって……」

るいが慌てて、東吾を石垣の上へ追い上げようとしたが、もう、その時には、

「東吾さん、朝っぱらから、おあついことで」

舟の上の二人の若い男女に勝るとも劣らないほどまっ黒に陽焼けした畝源三郎が、夏羽織の裾をたくし上げるようにして、川っぷちへ下りて来たかと思うと、あっけにとられている若い男に、

「おい、紫蘇《しそ》の餅はあるか」

と声をかけた。

「あったら、十《とお》ばかりくれないか」

若い男が、あたふたと木の箱のすだれをはずして、竹の皮に竹の箸《はし》で子供の握り拳ほどの餅をのせたのとひきかえに、器用に代金を払って、早速、一つを口へ運んだ。

「旨いですよ、東吾さん」

鼻の先へさし出されて、東吾も遠慮なくつまんでみた。成程、紫蘇の香がして、甘味と塩味がいい具合に調和している。

「今時分の餅は腰がありませんが、その分、さっぱりして具合のいいものです」

畝源三郎の口上につられて、るいもお吉も嘉助までが手を出した。

「こんなお餅を葛西舟が積んでいるなんて、知りませんでした」

知っていたら、もっと早くから買っていたのにと残念そうなお吉の口ぶりに笑いながら、るいの部屋へひき上げて来て、そこで香ばしい煎茶《せんちゃ》が出た。

「寺島村は紫蘇が名物なんです。ですから、春はよもぎ餅、今頃は紫蘇餅、秋になりますと、芋の餡《あん》の入った餅もなかなかうまいものです」

畝源三郎は、いよいよ得意で、

「源さんから、餅の講釈をきかされるとは思わなかった。独り者はいじましいな。年中こんなもので腹をふくらましていたのか」

などと東吾がひやかしても、

「葛西舟がなにを積んでいるかを知ることも、御用の一つですから」

源三郎は平然とうそぶいている。

「なにせ、近頃の金持町人の中には、町方役人は人相見もやると思っているのが居ますから、たまったものではありません」

どうやら、朝っぱらから源三郎が「かわせみ」へ寄ったのは、そのあたりにありそうな口ぶりである。

「なんだ、いったい」

るいが心得て、東吾と一緒に、畝源三郎にも気のきいた朝粥《あさがゆ》の膳が出て、紫蘇餅を二つも食べたくせに、源三郎はいそいそと箸を取ってから話し出した。

「日本橋本町に江嶋屋という呉服問屋があります」

定廻りの旦那にしては、丁寧な口のきき方をするのが癖で、精悍《せいかん》な面《つら》がまえと実直な人柄は子供の頃からまるで変っていない。

東吾とは八丁堀育ちの幼なじみで、身分は違うが、どちらもそんなことを気にしなくてすむ、心を許した間柄であった。

「京呉服を扱って居る大店《おおだな》で、その上、地面家作をかなり持っている裕福な身分でして……」

主人は徳兵衛といい、ぼつぼつ還暦の年、女房おさだは五十二、三、夫婦の間には一人娘でおことというのが七年ほど前に聟《むこ》をとっている。

その徳兵衛が、このところ、その日本橋界隈《かいわい》を縄張りにしている御用聞きで、本業は湯屋の藤吉というののところへやって来て、

「どうにも聟に気が許せない。さきゆきが心配でたまらないが、今の中に、どうにかならないものかと相談したそうです」

藤吉も出入り先の商家のことではあり、どういう点が気に入らないのかと訊ねてみたが、徳兵衛のいうことはとりとめがなくて納得が行かない。

「藤吉といいますのは、なかなか律義な男で、それとなく江嶋屋の奉公人や出入りの者たちに、聟の忠三郎と申す男の評判をきいて歩いたところ、悪い話がなかったそうで……」

口のきき方も柔らかなら、誰にでも腰が低く、商売熱心で、おまけに夫婦仲もよい。

「難をいえば、子供が出来ないことですが、これは、どなたかさんと同様で、あまり仲むつまじいとかえって出来ないとか」

源三郎は笑いながら、粥をすすり込んでいる。

「それじゃ、江嶋屋の御主人はお聟さんのどこが気に入らないとおっしゃるんですか」

給仕にひかえていたるいが、たまりかねて口をはさんだ。

今でこそ、宿屋の女主人だが、元は八丁堀で鬼と渾名《あだな》のあった定廻り同心を父に持った女で、畝源三郎が持ち込んでくる市井の事件には、東吾以上に関心を持つ。

「それが、どうも一つ、はっきりしません」

「親御さんをないがしろにするような……」

るいの後から、いつの間にかお吉が体を乗り出している。これも老番頭の嘉助ともども、八丁堀からの奉公人で、好奇心の強さは女主人どころのさわぎではない。

「いや、藤吉のきいたところでは、むしろ、ひかえめすぎるくらいだそうです」

「器量が悪いとか」

「とんでもない。そもそもは娘のおことが夫婦になれなければ死んでしまうと両親をかきくどいたほどの男前です」

「出はなんなんだ。江嶋屋の奉公人か」

源三郎より先に茶粥の箸をおいて、東吾は膳をるいのほうへ押しやった。るいはそれをお吉の前へ下げたものの、女中頭は一向に立ち上ろうとしない。

「親からの浪人だそうです」

「侍か」

「それじゃ、きっと堅苦しいところが、親御さんには、けむったく思えるんですよ」

泰平の時代、親からの浪人というのは珍しくもなく、生活のために、両刀を捨てて商家へ養子に入る例も少なくなかった。

「手前もそう思ったのですが、それとなくみたところでは、侍というよりも役者上りのような按配で、おるいさんがいわれたような堅苦しいところは、まるっきりありませんでした」

「相当の二枚目らしいな」

男っぷりのよすぎる聟が、父親の気に入らないのだろうと東吾は片づけた。

「大体、一人娘の父親が、娘の聟を気に入るほうがおかしいんだ。父親にとって、可愛い娘の聟は、いわば恋敵だからな」

「藤吉もそう申すのですが……」

一つ合点が行かないと首をかしげながら源三郎が立ち上った。

「しかし、東吾さんに聞いてもらったので、少しばかり気が軽くなりました」

これから町廻りだといい、そそくさと帰って行く源三郎を見送って、東吾はるいにささやいた。

「あいつに女房を世話してやらねえといけないな。寂しいもんだから、つまらねえことまで、俺のところへ話しに来る。朝っぱらから水入らずの邪魔をされちゃかなわねえや」

二

十日ばかり、東吾は八丁堀を留守にした。

狸穴《まみあな》に松浦方斎《まつうらほうさい》という直心影流の剣士が開いた道場があって、かなりの門下生を抱えていた。その方斎が、今、三番町の練兵館の主として高名な斎藤弥九郎の師に当る岡田十松と親しかった縁で、練兵館で師範代をつとめていた神林東吾が、数年前から月に十日ばかり狸穴、方月館へ出稽古《でげいこ》に行くようになった。

松浦方斎はすでに七十すぎ、人柄は温厚篤実で儒学の造詣《ぞうけい》も深い。東吾を気に入って、道場は殆《ほと》ど東吾まかせで、好きな土いじりや書に親しむ日が多くなっている。

稽古熱心で骨惜しみをしない東吾のことだから、狸穴にいる間は、夜明けから日が落ちるまで、方月館の羽目板に竹刀《しない》の音の絶えることがなく、そのかわり、稽古日が終了すると、どんなに遅くなっても、まっしぐらに大川端のるいの許へ帰ってくる。

で、その日を指折り数えて待っているるいのほうも、朝から髪結いを呼び、午すぎからは、あれこれと東吾の好物の肴《さかな》をみつくろって、早々に湯浴《ゆあ》みをし、夕化粧を凝らして待っているのだが、なにせ狸穴から八丁堀までの道程だから、暮れ方にむこうを出る東吾は、どうしても夜になる。

「近頃は方斎先生がお年のせいか、若先生のお帰りになるのをお寂しがって、いつまでも話し相手をおさせになるそうですよ。又、若先生がいそぎますからとでもおっしゃればよいのに、痩せ我慢をして、夜道のほうが涼しくていいなんておっしゃってるんじゃありませんか」

待つ身では、小半刻（約三十分）が一刻にも思えるようなるいの気持を思いやって、お吉がしきりに苛々《いらいら》していると、

「お嬢さん、ちょいと、おかしなふうで……」

帳場から老番頭の嘉助がやって来た。「かわせみ」の前の道を先刻からうろうろして

いる若い娘がいるという。

「それが、どうも葛西から青物を商いに来る舟に乗っていた女じゃねえかと思います」

るいがお吉と一緒に、そっとのぞいてみると、大川から亀島川へ流れ込む小川のほとりに十五、六の娘が、しきりに酸漿を鳴らしながら、たたずんでいる。

「あの子ですよ。まあ、なんだって、あんなところにいるんだろう」

お吉のほうは、毎朝のように、彼女と顔を突き合せているから見間違える筈もなく、

「ちょいと声をかけて来ます」

裏口から出て行って、すぐに娘を伴って来た。

るいの部屋へおずおずと入って来た娘は、木綿物の絣《かすり》の着物に、赤い細帯を締めている。裄《ゆき》も裾も短めに着ているので、そこからむき出しになった腕や脚が、他人の座敷を意識してきまり悪そうであった。

「あんたねえ、どうでもいいけど、夕方、川っぷちで酸漿なんか鳴らしていると蛇が来るっていうんだよ。知らなかったのかい」

お吉にいわれて、びっくりしたように口に入れていた赤い酸漿を吐き出して帯の間へしまった。

「あんた、酸漿が好きなの」

もう小さな子供というでもない年頃なのにと思いながら、るいが声をかけると、うつむいたまま、低い返事が戻って来た。

「おっ母さんの思い出だもんですから……」

弁解するように、つけ加えたのを訊いてみると、どうやら子供の時分に、母親が酸漿を作ってくれたのを、なつかしんでのことらしい。

赤く熟した酸漿の実を、指の先でよく押して、中身を柔らかくし、小さな穴から芯《しん》ごと上手に抜き出してしまうと、酸漿の実は皮だけの、ちょうど風船のような状態になる。それを舌の上にのせて圧《お》すと、実の中へ入っていた空気が小さな穴から外へ押し出されて独特の音を立てる。

女の子なら、誰でもやったことのある、玩具の一つであった。

「おっ母さんどうしたの」

歿《なくな》ったのかと想像したのだが、

「あたしが六つの時に、家を出て行きました」

離縁されたのではなく、家出だといった。

「お父つぁんが死ぬ前に、話してくれました。悪い男に欺されたんだって……」

思いがけない話に、るいもお吉も、あっけにとられた。

みるからに健康そうな、この田舎娘に、そうしたつらい過去があろうとは、予想も出来なかったことである。

「それじゃ、あんた、今、どうしてお出でなの。たよりになる兄さんや姉さんはおありなの」

るいが訊ねたのは、母親が家出をし、父親に死別したこの娘が、どうやって生計を立てているのか不安になったからだが、

「兄弟はいません。でも、叔父さん叔母さんがいい人なので、そこにいます。叔父さんは瓦を焼いていますし、お父つぁんが残してくれた田んぼと畑が葛西にありますから、食べるには困りません」

いくらか、場所に馴れて度胸がついたのか、娘の舌は、かなりなめらかになった。

「不躾《ぶしつけ》なことをお訊ね申しますが、こちらの御主人は、八丁堀のお役人とお友達でしょうか」

誰のことをいっているのかと考えて、るいはすぐに、彼女がこの家の主人と思ったのは東吾のことだと気がついた。あの朝、るいと一緒に小舟に顔を出した東吾を、この娘は、るいの夫と信じている。

「もし、そうなら、お役人様に訊いて頂けませんか。橋場に、おっ母さんそっくりの人がいるんです。でも、幸吉さんがききに行ってくれたら、人違いだっていわれました」

幸吉というのは、いつも、小舟で野菜を売りに来ている若い男で、彼女の家の小作人らしい。

「すみません。あたしはお三重っていいます。おっ母さんの名はおとく、お父つぁんは吉兵衛といいました」

住んでいるのは、向島の小梅村である。

お三重という娘の話をまとめてみると、どうやら、この春あたり、同じ小梅村の者が、彼女の母親のおとくによく似た女を橋場あたりでみかけたというのを小耳にはさんで、お三重は母恋しさから、舟の行商の帰りに橋場をうろついていたらしい。で、とうとう母親によく似たその女をみつけ出して、幸吉と訪ねてみたのだが、きっぱり自分はそういう者ではないと否定されてしまったものだ。

「おっ母さんと別れた時、あたしは六つでした。親の顔ですから忘れやしません。幸吉さんも間違いないっていってくれてます」

なのに、肝腎《かんじん》の当人から、そうではないといわれて、お三重はどうにも合点の行かない顔である。

「そりゃ、あんた、おっ母さんのほうに、なにか名乗れない事情があるんじゃないかね」

十年前に家出した理由について、父親は男に欺されてと娘に話しているが、果してそれが本当かどうか。

「なにか、いうにいえないわけがあるんじゃありませんかねえ」

「もしも、そうなら、そのわけが知りたいんです」

無理に親子の名乗りを上げたいというのではなく、

「あの人が本当のおっ母さんなのか、そうでないのか、あたしが知りたいのは、それだけなんです」

お三重は思いつめた顔で涙ぐんでいる。

その時、廊下から嘉助が声をかけた。

「若先生が、その娘さんを今夜、手前共へお泊めするようにおっしゃっていらっしゃいます。明日御一緒に橋場までお出かけなさるそうでございます」

るいが中腰になった。

「東吾様、どこ」

「今しがた、八丁堀へお帰りになりました」

「なんですって」

顔色を変えて座敷を出たるいが、そこで立ちどまった。

いつの間に一風呂浴びたのか、浴衣姿の東吾が庭の縁台で一杯やっている。

「本当に、もう人の気も知らないで……」

庭下駄をはき、袂《たもと》をふり上げたるいが、こぼれるような笑顔で、男の背に近づいた。

三

翌日。前の晩にどちらも使を出しておいたので、葛西からは幸吉が、八丁堀からは畝源三郎が各々、大川端の「かわせみ」へやって来て、やがて東吾とお三重を加えての四人連れが大川を猪牙《ちょき》で上った。

やがて浅草御蔵へ入る八番堀から一番堀までを横目にみて行くと、ちょうど五番堀と四番堀の間に、首尾《しゅび》の松がある。

陽は高くなったが、川風があるので舟の上は、しのぎやすい。

竹屋の渡しをすぎて吾妻橋の下をくぐる。これは別名、大川橋ともいって、長さ七十六間、その先はもう浅草で、花川戸町から今戸町、そして橋場町であった。

船頭が猪牙をつけた船着場は、ちょうど向島への渡し場で、大川のむこうは寺島村、梅若塚のある木母《もくぼ》寺の横から綾瀬川を上って行けば、お三重の家のある小梅村までは、遠くもない。

幸吉とお三重が先に立って、橋場の閑静な町の中を行くと、黒板塀をめぐらした一軒の前へ出た。

「ここでございます」

緊張した声で幸吉が告げ、四人はそのまま家の前を通り越して、近くの髪結床へ行ったのは、そこの主人の久三というのが、お上から手札をもらって、御用聞きをつとめているからであった。

久三は畝源三郎の顔をみると、客を職人にまかせておいて、四人を奥のほうへ案内した。

男所帯らしいが、商売柄、若い衆が何人かいて、家の中はきれいに片づいている。猫の額ほどの庭には夕顔棚まであって、けっこう気のきいた暮しぶりである。

久三が自分でよく冷えた麦湯を運んで来て四人は漸《ようや》く息をついた。

黒板塀の家の住人については、久三もくわしいことは知らなかった。

「手前がきいて居りますのは、なんでも日本橋のほうの大店の主人の妹に当るとかで、生まれつき体が弱く、嫁にも行けないで、ああして寮を建てて養生をさせているようで……」

女主人はめったに外へも出ないようだが、それでも町内の祭の寄附をもらいに行ったりして、久三は二、三度、会っている。

「年の頃は三十四、五、名前はおしずさんとかききました。小女を一人おいていますんで、その子の話ですと、大店の主人だっていう兄さんが、ごくたまに訪ねてくるそうですが、その他には全く人の出入りはないようで」

源三郎から、かいつまんでお三重の母親の話をすると、首をひねった。

「そりゃあ、どんなもんでござんしょうか」

仮にも夫にそむいて家を出た女が、間に大川をはさんでいるとしても、川を渡ればほんの目と鼻の先の小梅村と橋場町で、

「そんな近《ちか》まに住むものでございますかね」

武士とは違って、百姓のことだから、間男をした女房は重ねておいて成敗するというわけには行くまいが、

「まあ、人情としたら、なるたけ遠いところへ行って暮しましょうが……」

ともかくも、久三が話をきいてくれることになって、今度は五人連れで、ぞろぞろと

黒板塀の家へ行った。

最初に出て来たのが召使いの小女で、久三が話をすると、一度、奥へ戻って、間もなく五人を座敷へ通した。

庭のある八畳ばかりの部屋で縁側には酸漿の鉢植がおいてある。

出て来たのは、四十すぎの商家の番頭とみえる男で、

「申しかねますが、当家の主人は昨日から少々、熱を出しまして伏せって居ります。どのような御用か存じませんが、手前が代って承りとう存じます」

という。普段なら左様でございますかというところだが、今日の久三は背後に八丁堀の旦那がいるから、気が強かった。

「お前さんはみかけねえ顔だが、こちらの奉公人かね」

「いえ、左様ではございません。こちらのおかみさんが、手前の主人の妹に当りますんで」

そこで、東吾が口をはさんだ。

「実は、これに居る娘、お三重と申す者、当家の女主人が、子供の時、別れた母親によく似ていると申すのだが、当家の女主人は十年前、向島の小梅村の百姓、吉兵衛に嫁いでいたことはないか」

相手の男が遠慮がちに笑った。

「それはまあ、とんでもないお人ちがいでございます。先ほども申しましたように、こ

こにお住まいのおしずさんは、手前ども主人の妹で、生まれは小田原ときいて居ります。小梅の百姓の女房などとは滅相もない……」

「待て……」

東吾が穏やかに遮った。

「きくところによると、当家のおしずどのの兄は、日本橋の大店の主人だそうだが、間違いあるまいな」

「左様でございます」

ちらりと視線を上げて、東吾の様子を窺《うかが》ったのは、なにをいい出すのかと要心したものらしい。

「おしずどのが小田原の生まれと申すことは、其方《そのほう》の主人も同じく小田原生まれか」

「はい」

男の顔に余裕が出たのは、東吾のいわんとするところに気がついたせいであった。

「実を申しますと、手前共では一人娘でございまして、主人は聟養子でございます。それ故、江戸の生まれではございません」

東吾が、なんでもない調子で訊いた。

「其方は、日本橋本町、呉服問屋、江嶋屋の奉公人か」

相手は絶句した。が、かくしても仕方がないというように頭を下げた。

「左様でございます」

「其方が主人と申して居るのは、養子の忠三郎だな」

「へえ」

「当家の女主人は、忠三郎の妹か」

「左様で……」

「忠三郎は侍ときいたが」

「御浪人でございました」

東吾が背後のお三重をふりむいた。

「きいたであろう。侍の家の者が、そなたの母親であるわけがない。他人の空似と申すこともある。得心するがよい」

お三重がそっと顔を上げた。

「こちらのおかみさんは御病気とうかがいましたが、ひどくお悪いのでございましょうか」

男が、そっけなく答えた。

「もともと、お体のお弱い方でございますから……」

「どうぞ、お大事になさるよう、お伝え下さい」

挨拶は久三がして、五人は外へ出た。

まだ、どこか釈然としていないお三重を送りがてら、小梅村まで行ってみるといい出した東吾に、源三郎も黙ってついてくる。

その東吾は寺島村への渡しのところまで送って来た久三に、ちょっと耳打ちをして、最後に舟へ乗って来た。

渡し舟は、けっこう混んでいて、お三重と幸吉は舳先《へさき》のほうへ乗り、東吾と源三郎は艫《とも》のほうへすわった。

「どうも驚きましたな。どうして、おしずという女が江嶋屋の聟の妹とわかったんですか」

舟が渡し場を出ると、すぐに源三郎がいった。

「あてずっぽうだよ。源さんがいつか、江嶋屋の話をしただろう。あれが、頭のどこかにあって、日本橋の大店ときいたとたんに、江嶋屋と出た。ただ、それだけのまぐれ当りだ」

「しかし、日本橋の大店は、江嶋屋一軒ではありませんよ」

「だから、まぐれ当りといっただろう」

この辺の川幅は六十八間ほどで、大水の季節でもないから川の流れもゆるやかであった。

寺島村で舟から上って、それから小梅村は徒歩である。

「こんなことでしたら、手前が舟を持って参ればようございました」

小梅村から吾妻橋を渡って歩いて大川端へやって来た幸吉は、しきりに申しわけながっていたが、東吾も源三郎も歩くのは一向に苦にならない。

小梅村へ入って、東吾と源三郎がちょっと驚いたのは、お三重の家が実に堂々とした大百姓だったことである。下手な大名の下屋敷ほどもある広い庭には、万古焼《ばんこ》の竈《かまど》があって何人もの職人が土をこねて茶碗だの土瓶《どびん》だのを作っている。

「あたしはお父つぁんの死んだあと、叔父さんの家で暮していますが、この家はお父つぁんの代からの奉公人が、ちゃんと留守をしてくれています」

小作人たちは田畑を耕し、収穫をあげ、その中からお三重の家へ地代をおさめている。

「小作人のことや、万古焼の商売は、あたしが一人前になるまで、叔父さんが面倒をみてくれています」

お三重の叔父というのは、小梅村の名主であった。村林大次郎といって、これも亦、大百姓であり、瓦焼の作業場を持っている。

「この度は、お三重が、とんだ御厄介になりまして……」

奥座敷に招じ入れて、夫婦ともども丁重な挨拶をした。

「母親のことは、もう忘れろと申しておりますが、やはり、当人にしてみれば、そういうわけにも参りますまい」

橋場に、おとくに似た女がいるという話を大次郎は知っていた。

「お三重にも、家の者にも内緒で、手前もその家の近くまで参りましたが、まさか塀の中をのぞくことも出来ません。よっぽど、門の内へ入って尋ねてみようかとも思いましたが、もしも、おとくなら、とても、手前の顔をまともにみられる筈もなし、結局、そのまま、帰って来てしまいました」

「おとくは男に欺されて家出をしたそうだが、相手はどういう者だったのか」

東吾が訊ね、大次郎は赤銅色《しゃくどういろ》の顔に苦々しい表情を浮べた。

「思い出すのも忌々《いまいま》しいことでございますが、この先の押上村に常照寺と申します寺がございます。今から十年程前に、そこの離れに、本所のお旗本で小島邦之助様とおっしゃるお方の御子息で久之丞と名乗る男が厄介になって居りました。聞くところによると吉原の女《なか》に熱くなって、親御様から勘当されたとかで、当時、二十二、三でもございましたか、役者にしてもよいほどの苦味走ったいい男で、毎日、所在なげに釣りに出かけるのを、この近くの若い女たちは大さわぎをして見送ったものでございます」

その久之丞が、いつ、どこで親しくなったものか、吉兵衛の女房おとくと一緒に寺から姿を消してしまったものだ。

「この村の者の何人かが、本所のほうへ歩いて行くおとくと久之丞の姿をみているのでございますが、よもや、かけおちとは思わず、おとくは用足しに出かける途中、久之丞と道づれになったものぐらいに考えて居りましたんで……」

だが、それっきり、おとくは家へ帰らず、久之丞も戻って来ない。

「何日か過ぎまして、吉兵衛の心中があまり気の毒でございますし、娘のお三重のこともあり、手前が本所へ出かけまして、小島邦之助様というお旗本をお訪ねしましたところ、そちらの御当主はまだ二十そこそこの若殿様で、御妻帯はもとより、御子息のお出でなさる筈がなく、又、御親類にも久之丞などという者は居らぬといわれまして……」

はじめて、常照寺の離れにいた男は素性を詐称していたのだと気がついたが、なにもかも、後の祭である。

「つかぬことをたずねるが、おとくと申すのは、さぞかし、美しい女であろうな」

「はい、下総《しもうさ》のほうから奉公に来ていた女でございましたが、器量好みで吉兵衛が女房にしたくらいでございます」

「夫婦仲はよくなかったのか」

「いいえ、左様なこともございますまいが、その時分は、吉兵衛の母親で口やかましいのが家に居りましたし、奉公人から嫁になったおとくにしてみれば、なにかとつらいことがあったのではないかと存じます」

「もう一つだけ、聞かせてくれ。おとくは家を出る時、金を持ち出しているのか」

東吾の問いに、大次郎がうなずいた。

「あとで調べますと、五両ばかり……」

「たった五両か」

「はい、吉兵衛の家は万古焼が大変に繁昌していた時期でございまして、その売り上げが百五十両ばかり手許にあったと申すのでございますが、おとくが持ち出したのは、その中の五両だけで……」

名主の家を出て、東吾と源三郎は業平橋を渡って本所を通り抜け、深川まで歩いて長寿庵という蕎麦《そば》屋へ寄った。ここの主人は長助といって、やはり、お上の手先をつとめている。種物を注文して、二人はなんとなく顔を見合せた。

「江嶋屋の忠三郎が、久之丞だと思いますか」

冷たい麦湯をたて続けに二杯飲んで、源三郎が口を切った。

「橋場の女がおとくなら、そういう計算になるな」

「久之丞の忠三郎が、おとくとかけおちしたのは、金がめあてですな」

「少しは色香に迷ったのかも知れないが、本心は大百姓吉兵衛の家にある万古焼の売上げだろう。百両、二百両の金があるのを承知で、色じかけで持ちかけた。おそらく、お前と夫婦になるから、金を持ち出して逃げて来いといったのだろうが、気の小さい女はたったの五両しか手が出せなかった」

「よく途中で、女を見捨てませんでしたね」

「器量のいい女なら、茶屋奉公をさせても金になる。いざとなれば、岡場所へ売りとばすつもりだったのかも知れねえな」

長助が種物に茶碗酒を添えて運んで来た。

「暑い時には、これが一番で……」

どこまでお出でなさいましたと訊かれて、あらかたを話すと、眉をしかめた。

「世の中にゃ、悪い野郎もいるもんで……」

これから、どうなさいますといわれて、源三郎が箸をとめた。

久之丞の顔を知っている名主の大次郎などに、江嶋屋の忠三郎の首実検をさせて、仮に久之丞が忠三郎とわかったとしても、彼を召し捕るわけには行かなかった。

「おとくのほうが熱をあげて、勝手に金を持ち出してついて来たといえば、それっきりですな」

おとくを妹といつわって、江嶋屋の聟になったのも、江嶋屋のほうから頼んだことで、忠三郎の罪にはならない。

「せいぜい、忠三郎の過去がばれて、江嶋屋から暇が出るくらいのものだが、それも江嶋屋の娘が惚れ切っているとどうなることか」

強いていえば、旗本、小島邦之助の名前を詐称した罪だが、それも小島家が直接、被害を受けていないから、たいしたことにはなるまい。

「結局、欺されたほうが馬鹿ということですか」

源三郎が腹立たしげに蕎麦をすすり込んだ時、長寿庵の暖簾《のれん》を二人の男が汗みずくになってとび込んで来た。

「若先生、あいつの行った先は谷中の荒れ寺、浄光寺でござんした」

といったのが橋場の久三で、

「畝の旦那、忠三郎は谷中の浄光寺へ参りました」

日本橋の藤吉が肩で大きな息をした。

つまり、東吾に命ぜられて、橋場の家から出て行った、例の番頭風の男のあとを尾《つ》けた久三と、前から畝源三郎の指図で江嶋屋の忠三郎を張っていた藤吉が、谷中の廃寺で鉢合せをしたというわけだ。

「源さん、ひょっとすると今夜あたり、ひょっとするかも知れねえな」

茶碗の酒を飲み干して、東吾がちょっと面白そうな顔をした。

四

夜が更けて、日本橋本町界隈の大店はどこも大戸が下りた。それから夜遊びに出た連中がくぐりを開けてもらって家へ入り、やがて丑《うし》の刻（午前二時頃）、江戸の町は満天の星の下で、ひっそりと静まりかえった。

黒い影が二つ、四つ、五つ、音もなく江嶋屋の大戸へ近づくと、その中の一人が低く犬の吠《ほ》え声を真似た。

くぐり戸が内側からするりと開く。五人がするすると忍び込んだ。

土間に立っていた男は、手燭《てしょく》を持っていた。

「金は内蔵《うちぐら》の中だ。鍵は俺が開ける。その間に奥へふみ込んで一人残らずぶち殺せ。一人も生かして残すなよ」

ぞっとするような声が闇に吸い込まれて、男がそこに用意した手燭の蠟燭《ろうそく》に次々と火を移す。五人の男が、それを一つずつ手にして動き出そうとした時、奥から別の人影が浮び出た。

「そうはさせねえ」

灯影《ほかげ》に、ふっと笑顔をみせたのは東吾で、同時に店の土間から奥へ通じる暖簾の下から畝源三郎が立ち上った。

それを合図に土間の四隅に用意された百目蠟燭に一せいに火がともる。日本橋の藤吉が、若い下っ引を従えて威勢よく十手をかまえた。

くぐり戸の外には加勢に来ていた深川の長助が、これも六人ばかりの若い連中を指図して、賊が逃げ出して来た場合に備えた。

乱闘は店先から土間にかけてであった。賊の抵抗は激しかったが、東吾と源三郎が二人ずつ叩き伏せ、一人は藤吉が召し捕った。

「忠三郎が居りません」

藤吉が叫んだ時には、東吾も源三郎も気がついていて、店の奥へ声をかけ、あらかじめ源三郎の指図で物置へ避難していた主人の徳兵衛、女房のおさだ、それに娘のおことと住み込みの番頭、手代が家中に行燈《あんどん》をつけ、くまなく探してみたがどこにもみつからない。

夜はもうしらじらと明けて来て、

「橋場ではありませんか」

源三郎がいい出した。橋場の例の家には念のために、久三が張り込んでいる。

すでに番屋から知らせが行って、奉行所から役人も来ているので、捕縛した五人をそっちへまかせて、江嶋屋へは長助、藤吉を残し、源三郎と東吾はまっしぐらに、橋場へとんだ。

黒板塀の家の前には、人だかりがしていた。

近づいて源三郎が息を呑み、東吾をふりむいた。

朝の光の中に、血まみれで久三のところの若いのが二人、むごたらしい死体になっている。

猶予なく、東吾と源三郎が中へ走り込む。庭に二つの死体があった。

女は、おとくであった。肩先から袈裟《けさ》がけに斬られてこと切れている。

少し、はなれて、

「久三だ」

源三郎に抱きおこされた久三は十手を握りしめて、無念の形相であった。

家の中へ入ってみると、押入れで物音がする。開けてみると後手にくくられて、猿ぐつわを嚙まされたお三重がころがり出た。

「おっ母さんは……幸吉は……」

口がきけるようになったとたんに叫び出す。

昨夜、といっても真夜中すぎに呼び出しを受けて幸吉と一緒に、ここの家へ来たという。家探しをすると下女部屋で下女がこれは寝たまま一突きにされていた。

その中にかけつけて来た町役人《ちようやくにん》が物置の中で縛られていた幸吉を探し出して来た。お三重の無事な姿をみると、安心したように、へたへたと地面へすわり込む。

「呼び出しを受けたというのは、いったい、誰から、なんといって来たのだ」

東吾に訊かれて、お三重が答えた。

「おっ母さんを殺したくなかったら、百両持って橋場の家へ来るようにって手紙が来たんです」

「手紙。誰が持って来た」

幸吉が疲れ果てた顔を上げた。

「男でございます。暗かったので、よく顔はみえませんでしたが、まだ若いようで……」

昨夜、五ツすぎ（午後九時頃）に、

「ぼつぼつ、夜なべ仕事を終えようかと思って居ります時に、外から呼ばれまして、お三重さんに渡してくれと文のようなものを押しつけられました」

名主の家へ忍んで行くと、幸い、お三重はまだ起きていた。

「お三重さんと一緒に文を読みまして仰天いたしましたが、そういう手紙が来るからには、橋場の女の人が、やはり、お三重さんのおっ母さんに違いない、見殺しには出来ないと存じまして……」

まず百両の金だが、これはお三重が叔父の手文庫から持ち出して来た。

「お父つぁんが死んだ時、あたしの嫁入りの仕度金にって、まとまったものを残してあったんです。それを、叔父さんにあずけていましたから、その中からもらって行くつもりならばかまわないと思って……」

家人の寝静まるのを待って金を持ち出したから、小梅村を抜け出したのは夜半すぎ、それから、幸吉の小舟で綾瀬川を下り、大川を渡って橋場へ来たのは丑の刻（午前二時頃）をすぎていたのではないかとお三重はいった。

家の外に、久三が若い者と張り込んでいた。誰何《すいか》されて、幸吉が事情を話した。

「久三親分と相談いたしまして、ひょっとして、家の中に手紙を書いた奴がかくれているようだと、おとくさんの命が危いので、手前とお三重さんだけが声をかけることにいたしまして、なにかあったら大声を上げる、そうしたら、すぐにふみ込んで下さるようくれぐれもおたのみしました」

それで、くぐり戸へ手をかけてみると、これが開いた。

「鍵をかけるのを忘れたのか、わざと開けてあるのか、いよいよ、剣吞《けんのん》に思いまして、お三重さんと庭伝いに奥のほうへ入って行きましたんですが、いきなり後から口を押えられまして……」

二、三人がよってたかって声を上げるひまもなく幸吉を縛り上げ、物置へ放り込まれてしまったという。

「手前が襲われた時、前を行くお三重さんにも男がつかみかかったように思いますが……」

お三重のほうは、

「あとから幸吉がついて来ているものと思っていましたら、誰かが躍りかかって首をしめられました。そのまま、気が遠くなって……気がついた時は縛られて押入れの中だったんです」

咽喉《のど》のあたりは、まだ痛々しく腫《は》れ上っている。

「押入れの中で物音はきかなかったか」

「気がついてから、少々、聞きました。一つは、酸漿を鳴らしながら、誰かが部屋の外へ出て行くような物音と倒れるような音、それから少し経ってから、遠くで戸をあけたてするような音、そのあとはなんにも聞えなくて、お役人様方が助けに来て下さった時の音でございます」

「酸漿を鳴らし、出て行く音か……」

源三郎が庭へ下りて、やがて小さな酸漿を拾い上げて来た。おとくの死体のあった近くに落ちていたものである。

「おとくは酸漿を鳴らしながら出て行って斬られたんでしょうか」

「もしかして、お三重さんの身代りになったんじゃあ……」

いいかけたのは幸吉で、

「お三重さんは酸漿を鳴らしていると、傍におっ母さんがいるような気がするといって、よく酸漿を鳴らしていています。そのことを、もしも、お三重さんを殺しに来た奴が知っていたら……」

源三郎が東吾の顔をみた。

「おとくは忠三郎が、ここへお三重を殺しに来るのを知っていたんじゃありませんか。それで、あらかじめ、酸漿を鳴らしながら出て行くのがお三重だといっておいて、身代りに自分が斬られる。忠三郎は斬ったのがおとくと知って、びっくりして逃げた……」

「待てよ、源さん……」

東吾が、やんわりと制した。

「最初《はな》っから、復習《さら》ってみよう。幸吉とお三重がここへ来た時、襲いかかったのは誰だ」

「忠三郎の一味でしょう。江嶋屋へ押し入った……」

「それなら、どうして、お三重をすぐに殺さなかった。第一、その連中はいつ、この家へ入ったんだ」

外には久三が張り込んでいた。

「仮に、久三が張り込む前に、この家にかくれていたとしよう。幸吉とお三重を縛り上げ、行きがけに久三たちを殺して行ったとして、忠三郎の仲間が江嶋屋を襲ったのは丑の刻（午前二時頃）、ちっと時刻が間に合わねえな」

「別の者というのは……」

江嶋屋を襲ったのと、幸吉、お三重を縛り上げ、久三たちを殺した連中と。

「お三重の話だと、おとくが酸漿を鳴らして出て行って斬られたのは、お三重が押入れへ入れられてから、かなり後らしい。もし、おとくを殺《や》ったのが忠三郎なら、なんのためにここへ来たんだ」

「おとくを連れて逃げるためですか」

「平仄《ひょうそく》が合わないぞ。何故、おとくは久三を殺した仲間と一緒に逃げなかったんだ」

じっときいていた幸吉が声をふりしぼった。

「そりゃあ、お三重さんのことが心配だったからに違いありませんよ」

東吾がお三重をみた。

「お前、気がついてから、おとくがなにか声をかけて来たか。酸漿を鳴らす音が聞えるまでに、間はあったんだろう」

「はい……でも……別に、あたし、おっ母さんの声をきいていません」

「そうだろうな。おかしいじゃないか。もしも、おとくが娘の身を案じて、この家に残っていたなら、仲間が去ったあと、お三重を介抱するとか、話をするとか……」

急に思いついたように続けた。

「お前、暗闇の中で背後から首をしめられた時、なにか気がついたことはないか」

お三重が下をむいた。

「さあ……、ただ、なんとなくひなたの匂いがしたように思います」

東吾がすっかり陽の高くなった空を眺めた。

「ひなたの匂いか」

幸吉に声をかけた。

「お前、お三重を乗せて小梅から来た舟はどこにある」

橋場の舟寄せにつないであるという返事であった。

東吾が立ち上り、源三郎はあとの始末を町役人にゆだねて、東吾に続いた。幸吉とお三重が東吾にうながされてついてくる。

小舟は、例の野菜を積んでくるものであった。慌しく小梅を出て来たらしく、野菜を入れる竹籠や蜆や鯉を入れてくる桶も、そのまま積んである。

東吾が舟にとび乗って籠や桶をのぞいてから舟底においてあった木箱を取り出した。

蓋をして紐でくくってある。

「こいつは、餅を入れてくる奴だったな」

幸吉が青くなった。

「なんにも入っちゃ居りません。商いに出るつもりじゃなかったんですから……」

東吾が紐をとき、蓋を払った。血まみれの野良着と脇差と、布にくるんだ百両。

川へとび込もうとした幸吉を源三郎が十手でなぐりつけた。


「なんだか夢みたいですよ。あの若い小作人が、悪人の一味だったなんて……」

一件落着後の「かわせみ」の午下り。

ちょうど、宿屋稼業は一番、暇な時刻だから、るいの部屋に嘉助もお吉も集って、東吾と源三郎の話をきいている。

「幸吉が白状したところによりますと、忠三郎の一味になったのは、つい二年ほど前で、やはり金に目がくらんでのことだそうです」

忠三郎が何故、幸吉のような小作人を仲間にしたのかは、忠三郎がまだお召し捕りになっていないのでわからないが、

「東吾さんは、おとくが娘恋しさに小梅へ逃げた時のため、又は忠三郎が、まだお三重や名主、大次郎の財産をねらっているためではないかと考えているようですが……」

ともかくも、忠三郎というのは相当の悪党で仲間も多く、向島へ旗本の悴《せがれ》といってもぐり込んでいた時も、江嶋屋へ養子に入ったのも、いずれも世を忍ぶ仮の姿で、その間も仲間をあやつって、悪事を働いていたのは、捕った五人が白状している。忠三郎とその一味の連絡所が谷中の荒れ寺だったのだが、いくら張り込んでも、忠三郎は現れない。

「相当に要心深い奴なんだろう。忠三郎というのも、本当の名前じゃあるまい。おそらく、もう、どこかで別の名前で暮しているに違いないが……」

五人の仲間は、江嶋屋の若旦那忠三郎としての彼しか知らされていなかった。

「小梅村のお三重のほうにも、源さんが手くばりをしているが、まず、下手なことをするような奴じゃなさそうだ」

動けば捕ることを、百も承知している相手だと東吾はいった。

「久三親分やおとくを殺したのは幸吉なんですか」

訊いたのは、るいである。

「忠三郎が幸吉に命じたのは、おとくを始末することだ。そこで幸吉は欲を出して、お三重を欺し、百両を持ち出させて一芝居うったんだな」

まずお三重の首をしめて仮死状態にして金を奪い、どうも様子がおかしいと様子を見に来た久三を殺し、門の外にいた久三の子分も欺し討ちにした。

「庭へ戻ってくると、物音に気づいておとくが起きて来たから、これも殺し、お三重を押入れへ入れてから、女中部屋へ行って、まだ目がさめないでいたのを突き殺す。それから舟へ行って、血まみれの着物をきがえ、金や脇差をかくして、家へ戻って、自分で物置へ入って縛られたふうに装った。うまくやったつもりだったが、お三重はどうも幸吉がおかしいと思っていたらしいよ」

「どうして、お三重さんも殺しちまわなかったんですか」

「惚れていたんだろうな。うまくすれば大百姓の入り聟になれる。色と欲で、殺しそびれたんだ」

「男って怖いんですねえ」

るいが眉をひそめ、源三郎が汐時を悟って腰を上げた。

「それでは、又、なにかわかりましたら参ります」

二人になった座敷で東吾は庭においてある酸漿の鉢に気がついた。赤い実がいくつかついている。

「夜店であたしが買ったんですけどね、お吉が酸漿を植えてると、家に病人が絶えないっていうっていいやがるんですよ」

鳴らせば蛇が来るといい、なんだか、いやないい伝えばっかりで、酸漿がかわいそう、と呟《つぶや》いているるいの足許に陽がさしている。

「酸漿鳴らして小細工するなんざ、幸吉って奴も女みてえだな」

それにしても、男に迷って夫や娘を捨て、その男にも裏切られたおとくという女が、どんな気持で十年を過していたのか、男の東吾には見当もつかない。

大川一つを越えれば、そこに夫や娘の住む平和な村があるのに、帰るに帰られず、橋場の家で息を殺したような日を暮していた女が哀れといえば、哀れ、愚かと思えば愚かであった。

だが、この時、東吾はまるで気づかなかった。

失踪した忠三郎という男が、容易ならぬ敵となって、この先、東吾や源三郎を死地に追い込む相手だったとは、神ならぬ身の知る由もなかったのだ。

# 玉菊燈籠《たまぎくどうろう》の女《おんな》

## 一

その日、神林東吾が畝源三郎と共に橋場へ出かけたのは、先月の捕物で非業に死んだ久三の新盆のためであった。

久三の悴夫婦は、同じ橋場で一膳飯屋を営んで居り、又、死んだ久三自身、岡っ引にしてはいやみなところのない人柄だったので、香華をたむけに集った近所の者も少くなかった。

その中にあって、東吾も源三郎も、心中、ひどくつらかった。

久三の本業は髪結いであった。もしも、お上《かみ》のお手先などをつとめていなければ、天寿を全う出来たかも知れないものを、無惨に死なせてしまった悔恨が、殊に畝源三郎にはある。

久三の通夜では、悴夫婦を前にして、

「すまぬ」

と両手を突いた源三郎でもあった。その痛恨の想いは、今日の源三郎の横顔にもある。

それをみて、久三の息子の久市がおそるおそる頭を下げた。

「どうか、もう親父のことは、お気づかい下さいませんように。お上の御用を承ることは親父の生甲斐でございました。きっと、あの世へ行って、死んだお袋に自慢話をしているに違いございません」

供養の膳を運んでいた女房も傍へ来ていった。

「こうしてお出で下すっただけでも、おそれ多いことだと存じます。お父つぁんもどんなに草葉のかげから喜んで居りましょう」

実際、久三の横死のあとは、身銭を切って供養をし続けた源三郎であった。

東吾にしても、兄嫁の香苗に無心をして、かなりの香奠《こうでん》を包んでいる。が、それで気のすむことでもなかった。

久三の家を出てから、源三郎と東吾が鏡ヶ池のふちを通って山谷の寺へ寄ったのは、そこに久三の墓があったからである。

「悴夫婦の口真似をするわけじゃございませんが、久三爺さんは、さぞ喜んで居りましょう。こんなにまで、旦那に面倒をみて頂いたんですから……」

深川からやって来て、源三郎について来た長助が線香に火をつけながら、鼻をすすり上げた。閼伽桶《あかおけ》の水は、久三の家から供をして来た若い衆の吉五郎というのが、神妙に汲んで来る。

おまいりをすませて、寺を出ると道は左へ行くと浅草鳥越、まっすぐ行くと山谷堀にかかっている橋を渡って、吉原の大門であった。まだ陽が高いのに、人がぞろぞろと吉原のほうへ向っている。男ばかりでなく、女子供の姿もまじっていた。

「玉菊燈籠を見物に行く連中でございますよ」

心得顔に吉五郎がいった。

「今年はなかなか派手な燈籠に趣向がこらしてございます。精進落しに、ちょいとのぞいてごらんになりませんか」

「源さんは、玉菊華魁《おいらん》の話を知っているのかい」

なんとなく、そっちの道へ歩き出しながら、東吾が源三郎をからかった。

「朴念仁には縁のない世界のことだからな」

「大酒をくらって死んだ女郎のために、何故、仰々しく供養をするのかわかりませんな」

今日は町廻りではないから、越後縮の帷子《かたびら》に絽の羽織という、いささか野暮ったい恰好で、源三郎は苦笑している。

「年々歳々、玉菊は客を呼ぶ、っていう川柳を知らねえのか。客寄せに決ってらあな」

伝法な口調で東吾が先に立ったのは、この友人のしめっぽくなっている気持を少しでもひき立てようと思ったからで、長助と吉五郎はいそいそとついて来る。

玉菊燈籠というのは、享保十一（一七二六）年三月に病死した、角町中萬字屋の抱え、玉菊を供養するために七月中、吉原に燈籠を飾るもので、色も形もさまざまな切子燈籠を見物するために、普段は廓《くるわ》に縁のない女子供までが大門をくぐり、大層な人出であった。

橋場と吉原は目と鼻の先だけに、吉五郎はけっこう顔らしく、一軒の外茶屋へ声をかけると、早速、若い衆が案内に来た。

吉原には、たった一つの出入口である大門をくぐると、入ったところが待合の辻で、そこから正面の秋葉常燈明までが、いわゆる仲の町であった。

左右の茶屋には、見事な玉菊燈籠が並んでいる。

「こりゃあ、話にきくよりも、きれいなものでございますね」

いい年をした長助が目を細くし、

「よせやい。長助、燈籠をみるのが初めてとはいわせねえぞ」

忽《たちま》ち、東吾が悪態をついた。

「そういう若先生だって、そうそう丁《ちょう》の紋日《もんぴ》を御存じとは思いませんがね」

長助も負けてはいないで、

「まさか、お馴染があるたあ……」

「あったら、どうする」

「大川端へ御注進でさあ」

「なにを、この野郎」

つい、陽気な声が出るのも、廓のせいで、仲の町の茶屋には、俗にいう「仲の町張り」と呼ばれる一流の華魁が、新造や禿《かむろ》をひき連れて縁台に腰をかけ、優雅な手つきで煙草を吸っている。それを又、見立てようという者がひしめいていて、なんとも華やかで騒々しい世界であった。

「もし、お気に召した女がございましたら、手前共までおっしゃって下さいまし」

外茶屋からついて来た若い衆がささやいたが、東吾は勿論、源三郎もその気はなくて、ただ燈籠を見物しながら、秋葉常燈明の手前を揚屋町へまがる。

初秋の日が漸《よう》く暮れて来て、燈籠には火が入り、軒を並べた娼家には、脂粉をこらした女たちが見世を張っている。

仲の町の茶屋に出むいている華魁は、吉原の中でも惣籬《そうまがき》という大見世の抱えで、しかも上の部の遊女たちだが、こうして見世を張っているのは、その下の妓で、毛氈《もうせん》の上にすわっているのが昼夜二分で買われる座敷持の華魁で、これは身の廻りの世話をさせる番頭新造一人、振袖新造一、二人を従え、禿の二、三人もついている。同じ見世の中でも壁ぎわに並んでいるのは部屋持の女郎で、座敷持が上《かみ》の間と次の間と二つの部屋を持っているのに対し、部屋持は次の間のない一間きりで、禿も一人しかついていない。それでも自分の部屋を持っているのはいいほうで、番頭新造や振袖新造が客をとる場合はきまった部屋がなく、娼家の空き部屋を使い廻しにすることになる。

それでも、江戸町一丁目、二丁目、京町一丁目、角町などの大町《だいちょう》では、小見世でも客を無理矢理、登楼させるなどということはやらないが、これが鉄漿溝《おはぐろどぶ》に沿った東河岸、俗に羅生門河岸などと呼ばれるあたりでは、力ずくでひっぱり上げたあげく、その客が銭を持っていなかったりすると、袋叩きにして身ぐるみはいでしまうという乱暴なことがないでもない。

同じ鉄漿溝沿いでも西河岸のほうは、格子先で女を見立てる安直な小見世はあっても、東河岸ほど無法なところではなく、このあたりも燈籠が風情ありげに揺れている。

揚屋町を抜け、西河岸をやや足早やに通って、東吾と源三郎は江戸町一丁目を仲の町へ戻ろうとしていた。

その江戸町一丁目のなかほどで、いきなり色里には不粋な声がした。

「旦那、女のつかみ合いですぜ」

吉五郎が一番先に気がついて野次馬よろしくかけ出して行く。

「いけませんよ、おかみさん、こんなところで乱暴をなすっちゃあ」

娼家の若い衆に抱きとめられている女は素人であった。年の頃は三十二、三、決して美人ではないが、髪飾りも着ている物も町人の女房にしてはけっこうずくめ、その女に衿を摑まれてもがいているのは、どうやら華魁のようである。

「ありゃあ、佐野槌《づち》の紅葉野《もみじの》っていう華魁です」

忽ち出来た人垣の後からのぞいていた吉五郎が、追いついた東吾に教えた。

「もう一人の女は誰だ。みたところ商家の女房のようだが……」

それは吉五郎も知らないようであった。

「大方、亭主を華魁に寝とられて、苦情をいいにやって来たんじゃありませんか」

普段は素人女のくる場所ではないが、燈籠見物にかこつけて、亭主の熱くなっている女の顔をみに来たものだろうと、長助は面白そうに首をのばしている。

だが、争いは一瞬で、紅葉野という華魁は打掛を女房の手へ残して、妓楼へ逃げ込み、丸髷《まるまげ》の女のほうは二、三人の男がなだめながら仲の町のほうへ押し出して行く。

「どこのおかみさんか知らねえが、あんまりみっともない真似をすると、亭主の沽券《こけん》にかかわりまさあね」

吉五郎が女には同情のない調子でいい、東吾と源三郎は、いささか憮然《ぶぜん》としてその場を離れた。

二

盆が終って、数日、寝苦しい夜が続いた大川端「かわせみ」の朝、東吾が少々、寝起きの悪い顔で、なまあったかい川風に吹かれていると、

「深川から長助親分がおみえんなりました」

梅干と煎茶をのせたのを両手に持ったお吉が、声をかけながら案内して来た。

「いつまでもお暑いことで……」

朝っぱらから額に汗を流して、長助は廊下に手を突いた。

「毎度、ろくでもねえ話で申しわけありませんが、昨夜遅くに橋場の吉五郎が知らせに参りまして、吉原《なか》で一騒動ありましたそうで」

廊下に座布団を持ち出して、背中に柱を背負った恰好で行儀悪く片膝立てていた東吾が破顔した。

「玉菊の幽霊でも出たってのかい」

「いいえ、幽霊の一つ手前でございます。ご存じの紅葉野が刺されましたんで……」

「紅葉野……」

「江戸一の佐野槌の抱えでございます。この前、どこやらのおかみさんに首っ玉をつかまれて居りました」

「あの女か……」

ぽっちゃりとした色白で、どこかおぼこな感じの残っている女が、眉をしかめて逃げ廻っていたのを、東吾は思い出した。

「殺されたのか」

「今のところ、命は保《も》っているようですが、かなりな怪我で……」

「下手人は、捕ったのか」

「へえ、それが、あの時、若先生もごらんになった女でございまして、吉五郎の申しますには、日本橋本石町の塗物問屋、唐木屋のおかみさんで、おそのさんというそうで……」

「亭主が紅葉野に熱くなっているんだろうな」

「そのようで。どうも悋気《りんき》もそこまで行くとたちが悪うございます」

廊下をるいが近づいて来た。

結いたての髪に、朝陽が当っているのが初々しい。

「東吾様の御存じの華魁衆がどうかなさったと、お吉が申しましたけれど……」

長助の前を通り越して東吾の脇へ来てすわった。

「忠義者がつまらねえいいつけ口をするもんだぜ。知っているっていったって、つい、先だって通りすがりにみただけの話だ」

「いつ、あちらへお遊びにいらっしゃいましたの」

「冗談いうなよ、遊ぶもなにも、宵の口に玉菊燈籠を見物して帰ったんだ。なんなら源さんにきいてみろ」

「殿方は、そういうお話になるとお口が固《か》とうございますから……」

やんわりとるいの手が膝へのびて来て、東吾は慌てて、その手を摑んだ。

「よせやい、長助がいったろうが、悋気は女の慎むところ……」

「いいえ、手前は、左様なことは申しません」

そそくさと長助は逃げ出して、「かわせみ」の居間は東吾とるいの二人きりになった。

畝源三郎が訪ねて来たのは午《ひる》近くで、お吉に声をかけられて帳場へ出て来たるいは、ひどく上気した顔をしている。

「申しわけありませんが、お屋敷のほうで東吾さんを探して居られる様子なので……」

その東吾は照れくさそうに、帳場から草履《ぞうり》をはいた。

外へ出ると、二人とも早足で、やがて豊海橋《とよみばし》の袂《たもと》まで来る。

「義姉上《あねうえ》が、俺を探しているというのは嘘だろう」

大川へ眩しそうな目をむけて東吾がいい、源三郎が笑った。

「流石《さすが》、東吾さん、よくおわかりで……」

「長助の御注進か。俺がるいにひっかかれそうだから助けに行けと」

「そういうわけではありません。唐木屋の女房の一件ですが、どうもおかしな具合になりましたので、東吾さんのお智恵を拝借しようと思ったんです」

豊海橋の袂には、その長助がくすぐったそうに待っている。

八丁堀を横目にみて、日本橋から室町の通りを抜けると、本石町二丁目の四つ角へ出る。

その附近は呉服問屋が四、五軒、麻糸問屋、煙草問屋と大店ばかりが並んだ中で、唐木屋も亦、なかなかの店がまえであった。

が、大戸は下りていて、その近くで近所の者らしいのが二、三人、ひそひそ話をしている。

「これはどうも、若先生までお出まし下さいまして……」

路地のかげから、このあたりを縄張りにしている藤助というのが、こっちをみて走って来た。

「唐木屋の女房は、格別のおはからいをもちまして、今しがた、町役人の方々がお立合いの上、家へ戻らして頂きました」

勿論、奥の部屋へ押し込めて、お上のお沙汰を待つという体裁だが、

「紅葉野の容態が、まあ命に別状はないとのことで、佐野槌のほうからも、なるべくなら御内聞にという話があったようで……」

そのためには、かなりの金が唐木屋から佐野槌へ渡ったらしい。

「いろいろ、お耳に入れたいこともございますので……」

藤助が案内したのは、そこから遠くない一膳飯屋で、これが彼の本業であった。

奥座敷へ通って、御用の筋だからと酒は断り、冷えた麦湯をもらうと、女房が枝豆をたっぷりゆでて運んで来た。

「唐木屋の亭主はどうしている」

最初に口を開いたのは東吾で、浮気は男の甲斐性というものの、吉原の女に凝ったあげく、女房がその女を刺したというのでは、世間体も悪く、さぞかし当惑しているだろうと思われたからである。

「それがどうも、間違いというのはとんでもないことでございまして……」

唐木屋の主人、平八というのは、先代の遠縁に当る男で、二人いた娘の姉のおそのと夫婦になって唐木屋を継いだものだが、

「先代夫婦は、どちらも歿《なくな》って居りまして」

「養子が外に女を作ったんじゃ、親類がおさまるまい」

「それが、女を作ったっていうのとは、ちょいと違いましたんで……」

「紅葉野に通っていたんじゃねえのか」

「いえ、通って居りましたのは、たしかなんでございます」

昨年の秋に、商売仲間のつき合いで吉原へ行き、その時に紅葉野に会った。以来、十日に二度、七日に一度という具合に、せっせと佐野槌へ通いつめていたのだが、

「色恋じゃございませんでした」

神妙な藤助の言葉に、東吾が笑い出した。

「おそれ入谷の鬼子母神だな。丁の女に通いつめて、色恋じゃねえってえと、いったい、なんなんだ」

「それなんで……」

藤助はちょっとぼんのくぼに手をやるようにして、

「今度の事件が起るまでは、おかみさんも店の者も、旦那が紅葉野に夢中になってとばかり思っていたんですが、実は紅葉野って女と唐木屋の主人は一度も枕をかわしたことがないってんで……」

「子供騙《だま》しだな」

「いいえ、刺された華魁もそういいますし、紅葉野についている新造たちも知っていたんで……」

唐木屋平八には、若い時に死別した妹があって、その妹に紅葉野が、

「瓜二つだって申します」

「妹に似ているから、華魁をひいきにしたというのか」

「平八ってのは、親に死に別れて、兄妹二人っきりで親類をたらい廻しにされながら育ったそうでございます。それだけに、随分とつらいことがあったそうで、兄妹二人、手をとり合うようにして生きて来た。その妹が病気になった時も、思うように医者にかけてもやれなかった、そんな心残りがあったって申します」

早逝した一人きりの妹に対する兄の思いが、たまたま、よく似た遊女にめぐり合って、急にふくれ上った。

「唐木屋の主人は泣いていました。妹にそっくりの女だから抱く気は起きねえ。ただ、酒をのみながら、他愛もない話をしていると、妹が生き返ったようで、それだけでよかったってんでして……」

妹の供養をするような心算《こころづもり》で、吉原へ通っていたのだという。

「それなら、いっそ、なにもかも、女房に打ちあけて、苦界《くがい》から女を身請《みう》けしてやって、嫁入りの面倒でもみてやったらよかろうに」

源三郎が、はじめて口を開いた。

「それは無理でしょう。平八は養子ですし、そんな話を女房が素直に納得するものかどうか」

「おそのというのは、気が強そうだったな」

江戸町の表で、紅葉野の衿をつかんだ女の形相を東吾は思い出した。

「どうも家付娘でございまして……おまけに、おそのさんの母親が早くなくなって居りまして、後妻が来て居ります。そんなこともあって先代は、かなり甘やかしたようで……並みの女でございましたら、いくら亭主が熱くなったからといって、相手の女のところへ乗り込んで行くってことは、なかなか出来るもんじゃあございません」

分別盛りの藤助は苦々しげな口調である。

「それにしても、おそのはどうやって紅葉野を呼び出したんだ。まさか、佐野槌の店へ上って行ったんじゃあるまいな」

はじめてならともかく、ついこの前、とっ組み合いをした相手がやって来て、会いたいといわれても、おいそれと出て行く華魁はあるまいし、店のほうもそれなりに要心をする筈だ。

「それが、実は橋場の久三親分のところで働いて居りました吉五郎というのが、本職は植木屋でございまして、親父が唐木屋へお出入りして居ります関係で、内緒でおかみさんから頼まれたそうなんで……」

先だっては、かっとして大変、紅葉野にすまないことをした、どうしても詫びをいいたいし、頼みたいこともあるとおそのが吉五郎を使にして佐野槌の紅葉野へいってやり、その上で訪ねて来たので、

「華魁のほうは、てっきり誤解がとけたと思って安心して出て来たところを、ずぶりとやられたそうです」

藤助のところを出て、もう一度、本石町の通りまで出てみると、唐木屋の店の前でうろうろしていた吉五郎が泡をくったようにとんで来た。

「どうも、旦那、とんでもねえことをしちまいまして……」

小さくなって頭を下げたのは、自分がおそのの使に立ったことを苦にしているふうであった。

「おかみさんに、あんな下心があるとは、夢にも思いませんでした」

「お前、唐木屋に出入りしていたそうじゃねえか」

声をかけたのは東吾で、

「それにしちゃあ、この前佐野槌の店で、唐木屋の女房を誰だかわからねえようだったな」

吉五郎は体をすくめて、二、三回、頭を下げた。

「あいすいません、お出入りといっても、実際、仕事をさせてもらっているのは親父のほうで、あっしは、一、二度、手伝いに行っただけで、おかみさんにはお目にかかった

ことがなかったもので……」

「お上の御用をつとめるのもいいが、親代々の稼業をおろそかにしちゃあなるまい。ほどほどにするがいいぞ」

帰りかけると、たまたま唐木屋のくぐりが開いて二人ばかり客らしい男が出て来た。おそらく、知り合いが見舞に来たものらしく、それを送って、初老の男が一人、続いて、結綿《ゆいわた》に緋鹿《ひが》の子《こ》をかけた、初々しい娘が客へむかって丁寧に頭を下げている。

「番頭の五兵衛さんと、おそのさんの妹のおいせさんです」

藤助がいい、源三郎と東吾が娘を眺めた。まだ十七、八といった年頃である。

「おそのは三十をすぎていたようだが、随分と年齢が違うな」

源三郎がいい、藤助が合点した。

「腹違いの妹さんで……」

唐木屋の先代の後妻の子だという。

「まだ、嫁入りの話はないのか」

と東吾。

「まあ、年頃でございますから、ぼつぼつというところでございましょう」

姉のおそのがあまり美人ではないのに対して、こちらは愛くるしい、表情豊かな娘であった。客に挨拶している様子も、きびきびしている。

常盤御門の手前の橋ぎわで送って来た藤助と別れ、川っぷちを八丁堀へ戻った。

「源さんは、なにが気になったんだ」

わざわざ迎えに来たにしては、これという事件でもなさそうである。紅葉野が死にでもしない限り、唐木屋が佐野槌へ金をやって、解決がつく。

「なにがといわれると、甚だ困るのですが」

源三郎はくちごもって、そこはもう八丁堀、東吾はなんとなく源三郎と別れて、兄の屋敷へ帰って行った。

三

二、三日、東吾は屋敷にいた。
兄嫁の香苗が丹精して夏中、見事な花を咲かせた朝顔が種子を結んで、その種子をわけてもらいに、本所から香苗の妹の七重《ななえ》がやって来た。

「東吾様は、吉原の玉菊燈籠をごらん遊ばしたことがございますの」

あたりかまわぬ無邪気な声で訊かれて、東吾のほうが赤面した。

「それはまあ、見たことがないわけではないが……」

「大層、美しいそうでございますね」

屋敷に出入りしている呉服屋からきいたといった。

「華やかで、そこはかとなく寂しいとか」

「あんまり、そこはかという感じはしませんよ。見物人がごった返しているばかりでね」

大体、玉菊、玉菊と大さわぎするのからして、わからないと、東吾はいささか調子にのって喋り出した。

「そもそもは奈良茂《ならも》が金を出して贅沢をさせた女だというんだから……」

享保年間、当時の御用商人として羽ぶりのよかった奈良屋茂左衛門が玉菊に惚れ、結局、奈良茂が享保十（一七二五）年に三十二歳で病死したあと、玉菊も追うように死んで行ったというのだが、

「どっちも底ぬけの大酒のみで、酒が命とりになったというんだから、風情もなにもあったものじゃねえ。それを今更、燈籠なんぞ飾りたてやがって……」

いきなり、背後で神林通之進の笑い声がきこえて、東吾はとび上った。

「兄上、いつ、お帰りで……」

「馬鹿者、吉原の講釈をしているひまがあったら、日本橋本石町まで行って来い。唐木屋の女房がくびくくりをして死んだそうだぞ」

八丁堀をとび出して、日本橋本石町まではさして遠くもない。

店の前には藤助が立っていた。

「畝の旦那が、ひょっとすると若先生がおみえになるかも知れねえとおっしゃいましたんで……」

「おそのが首をくくったってえのは本当か」

「へえ、午すぎに、旦那がみつけたそうでございます」

奥へ入ると、検死が終ったところらしく畝源三郎が主人の平八と向い合っていた。

平八はやや小柄だが、なかなかの男前で、死んだ女房の器量の悪さとは対照的に、物腰も柔和で愛敬がある。

「お上には申しわけのないことではございますが、座敷に押しこめとは申しましても、別に格子を打ったわけではございません。店のほうはともかく、奥では自由にさせておきましたし、別に思いつめるようなことは何一つ致して居りません」

それでも、罪は我が身にあるといいたげな様子で頭を下げた。

東吾が奥の部屋をのぞいてみると、おそのは夜具の上に寝かされて居り、首に巻いてあったらしい赤と緑の染めわけのしごきが枕許にまとめてある。

「首をくった場所はどこなんだ」

ついて来た藤助に訊ねると、

「それが、倉なんで……」

なんともいやな顔をしてみせた。

倉は庭に二つあった。一つは、商売倉で、その奥にあるのが奥むきの家財道具をしまうもので、おそのが首をくったのは、その二階だという。

なんとなく尻ごみしがちな藤助に案内させて、東吾は倉へ入ってみた。

下は屏風《びょうぶ》や長持、簞笥《たんす》などが並び、梯子《はしご》段を上ると十畳ばかりの広さのところに、夜具包やら、葛籠《つづら》やらがところせましとおいてある。

おそのがしごきをかけたのは太い鴨居で、かすかながら布のすれた痕《あと》がみえた。

外へ出てみると、いつぞや通りでみかけた番頭の五兵衛というのが、心配そうに立っている。

「この倉は、いつも鍵がかかっているのか」

東吾に訊かれて、五兵衛は頭を下げた。

「左様でございます」

もっとも、鍵は居間の柱にかけてあって持ち出そうと思えば、奉公人でも容易であった。

「おそのは倉にとじこめられていたのではあるまいな」

「滅相《めっそう》な、奥の部屋にお出でででございました」

「おそのが倉へ入るのをみたものはなかったのか」

「手前どもは店に居りまして……」

例の事件以来、店をやすんでいたのを、明日からは大戸を開けて元通りに商売をはじめることになり、奉公人はその準備に大方は店へ出ていた。

普段、奥にいる女中たちも店の掃除をしていて、どうやら、奥は無人だったらしい。

「主人は、どこにいた」

「店で指図をしてお出ででございました」

荷が入ったままだった商売倉から品物を店へ運んだり、帳簿をつけたりと、まるで年の暮のようないそがしさだったという。

その時、庭のむこうで女の泣き声がした。

ふりむいてみると、おそのの死体のある座敷から目を泣き腫《は》らした若い女が出てくるところであった。

「あれは、おそのの妹だな」

「はい、おいせさんで……」

「今日は家にいたのか」

「それが、旦那様のお使で御親類へ挨拶廻りにお出かけでございました」

佐野槌と話がついて、明日から店を開けることになったので、今まで心配をかけた親類知人へ、その旨を報告がてら、礼に行った。

「何分にも、ことがことだけに、旦那様御自身でと申すのも具合が悪うございまして」

「おいせは器量よしだが、縁談はないのか」

「いろいろとございますが、まだ、まとまっては居りませんようで……」

そんな話をしているところへ、源三郎が下りて来た。

庭を抜けて裏木戸から外へ出る。

「流石、日本橋に店をかまえるだけのことはある。たいしたものだ」

裏からみたほうが、唐木屋の身代がよくわかった。商売倉の大きさも、住いの贅沢さも、地所の広さも。

「本石町でも指折りの金持ということですな」

「主人が吉原通いをしたところで、びくともするまい」

源三郎が東吾の顔を眺めた。

「これから佐野槌へ行こうと思いますが、東吾さんは、どうされますか」

「一緒に行って、都合の悪いことでもあるのか」

「手前はむしろ好都合ですが、あとで、おるいさんにしぼられませんか」

「なにを馬鹿な……」

吉原までは舟になった。

「源さんが、この前、気にしていたことをあててみようか」

船頭はお手先の一人なので、その耳を気にすることもなく、東吾がいい出した。

「まず、一つはおそのが紅葉野を突き殺そうと思ったのなら、何故、最初の時にやらなかったんだ」

橋場の久三の初盆の帰りに、吉原へ寄った時のことである。

「最初は殺そうとまでは思わなかったのが、つかみ合いをして、いよいよ憎くなったのではありませんか」

しきりに扇子《せんす》を使いながら、源三郎がいなした。

「あの時、俺たちを吉原へ誘ったのは、吉五郎だったな」

玉菊燈籠を見物して行かないかと水をむけた。

「吉五郎の親父は植木屋で唐木屋へ出入りしていた。あいつも手伝いに行ったことがある。それなのに、最初の時、あいつはおそのの顔を知らないといった。おそのの顔も知らなかった奴が、どうしておそのに吉原への使をたのまれたんだ」

「おそのは、誰かに吉五郎がお上のお手先をつとめていることを聞いたんじゃありませんか。いわば、地元のお手先なら吉原にも顔がきく、そう思って、佐野槌への使をたのんだとも思えますが……」

「理屈はそうだが」

東吾が黙ると、源三郎が微笑した。

「実を申すと、手前も東吾さんと同じことを考えているのですが」

山谷堀から上って、大門をくぐる。

まだ七月の中なので、相変らず燈籠の飾りが賑やかであった。

佐野槌できいてみると、紅葉野は山谷にある佐野槌の寮で傷の治療を受けているという。

「おかげさまで、思ったよりも回復は早いようでございます」

佐野槌の主人が自分から山谷へ案内するといい、揃って大門を出た。

「ところで、唐木屋の女房の死んだ今なら、本当のことを申してもよかろう。いずれ、折をみて、紅葉野は唐木屋にひかされるのだろうが……」

源三郎の言葉に、佐野槌の主人はかぶりをふった。

「いえ、それが左様ではございません」

唐木屋からは、今度の事件で、身請けが出来るほどの金が佐野槌へ来たが、

「傷の養生が終りましたら、紅葉野はかねていいかわしている男のところへ片づくことになって居ります」

神田のほうの足袋《たび》職人で、紅葉野とは幼なじみだという。

「唐木屋が、紅葉野を抱いたことがないというのは本当だったのか」

源三郎が訊いて、佐野槌の主人はいささか当惑そうに苦笑した。

「いえ、それはそんなこともございません。おかみさんの手前、ああいう話にはしておきましたんで……」

客と遊女の関係には違いないが、

「こういうことになっては、まさか御自身が請け出すわけにも参りますまいし、又、それほど、紅葉野に熱くなってお出でとも思えません」

「しかし、随分と通いつめたそうではないか」

「そのあたりが不思議な気もいたしますが、手前のみたところ、唐木屋さんが、紅葉野に惚れているとは思えませんでしたので……」

長年の客商売の勘で、惚れて通っている客か、ただの遊び心かは、大体、見当がつくといった。

山谷の寮で、紅葉野は、かなり元気になっていた。

その紅葉野も、唐木屋平八が格別、自分に夢中になっているとは思っていなかったという。

「唐木屋はお前のところで、どんな話をしたのか、なんでもいい、思い出すことをいってくれ」

源三郎にうながされて、軽く首をひねった。

「御新造さんのことは、よく愚痴をこぼしておいででしたが……」

万事に細かくて、疑い深い、おまけに気が強くて可愛気がないなどと悪態をついていた。

「女房に対する面あてで、お前のところへ通っていたと思うか」

「最初は、そんなふうにも思いましたが……」

紅葉野が、ちょっと奇妙な笑い方をした。

「唐木屋さんは、どこぞに、本当に好きな女子がおありなのではないかと……別にそのような話をなさったわけではございませんが……」

東吾が口をはさんだ。

「お前がおそのに刺された時に、吉五郎は傍にいたのか」

「あい、すぐとんで来て、おかみさんを押えてくれました」

寮を出たところで、東吾が佐野槌の主人に訊ねた。

「廓の中に、吉五郎が熱くなっている女がいるのではないか」

佐野槌の主人が、くちごもった。

「かまわぬ、血気盛んな若い者のことだ。女の一人や二人、ないほうがおかしかろう」

「実を申すと、手前の見世の新造のお里という女が馴染のようではございますが……」

「借金はあるのか」

「さあ、どうでございましょうか」

日本堤で、佐野槌の主人と別れた。

どちらからともなく山谷堀の橋を渡って橋場へ向う。

「東吾さんは、吉五郎が一役買っていると思われますか」

源三郎がいい、東吾が道の辺の尾花の穂を抜いた。

「唐木屋の主人がおそのを殺したとするならだが……」

「口やかましく、気の強い女というだけで、殺しますか」

「紅葉野がいったろう。平八に好きな女がいたら、どうなる」

「誰ですか」

「源さんも気がついただろう。女房が死んで、その妹を後妻にするというのは、よくある話だ」

久三の墓のある寺の前で、二人が顔を見合せた。

「ちと、小細工をしてみますか」

そこからは、東吾が一人で吉五郎の家へ行き、源三郎はまっしぐらに日本橋へとって返した。

東吾が行ったのは、久三の悴夫婦がやっている一膳飯屋で、そこの小女にいい含めて様子をみにやると、吉五郎は家にいるという。

酒を一本つけてもらって手酌《てじゃく》でやりながら、東吾はちょっといかめしい文面の手紙を書いた。

不審のことがあるから、明朝、奉行所へ出頭するようにというもので、差出人は畝源三郎にした。

芋の煮ころがしと魚の塩焼きで腹ごしらえをしていると、深川の長助が若い者を三人ほど伴ってやって来た。

「畝の旦那のお指図で参りました」

手紙は長助が届けに行き、やがて戻って来た。

「手紙を読みまして、顔色が変りました」

吉五郎の家の周囲には長助のところの若いのが張り込んでいる。

吉五郎の動きは早かった。

「家を出て、吉原のほうへ向って居ります」

張りこんでいた一人が知らせに来て、東吾と長助がすぐに出かけた。

夜はかなり更けている。

二つ目の知らせは日本堤へ出てからで、

「吉五郎は駕籠で日本橋へ向いました」

駕籠屋に日本橋といったのを聞いている。

「むこうが駕籠なら、こっちは舟で行くか」

若い連中はそのまま、駕籠を追い、東吾は長助と猪牙《ちよき》で大川へ出た。

吉五郎の行った先は、十中八九、唐木屋と見当がついている。

日本橋本石町へ着いたのは、東吾たちのほうが先であった。

闇にまぎれて待つほどもなく、吉五郎がやって来た。駕籠は少し手前で下りたらしい。

彼が近づいたのは裏木戸で、小石を拾って木戸から庭越しに雨戸をねらう。

二つ、三つ、雨戸に小石の当る音がすると、やがて裏木戸が開いて、出て来た人影が吉五郎の話をきいている。

東吾も源三郎も少々、あてがはずれたのは、それが主人の平八ではなく、女のようだったからである。

不意に女が吉五郎を木戸の中へ入れた。庭を横切って倉の方へ出る。おそのが首をくくったほうの倉であった。

倉の戸には鍵がかかって居らず、女がその戸を引いた。

先に立って、内へ入る。

倉の中は暗かった。手さぐりで女は階段を上って行くが、吉五郎のほうは勝手がわか

らず立ち往生していると、

「親分、こっちですよ」

女の手が優しく吉五郎の手を取った。一段一段、階段を上って行く。上り切ったところで、吉五郎が女に抱きついた。女は逃げもせず、のしかかってくる男に自分をまかせながら、男の首に手を廻した。

暗闇が、全く女の動作をみせなかったが、この時、吉五郎の首には細帯が蛇のように絡《から》みついていた。その細帯の先端には麻紐がくくりつけられて、それは鴨居を通って女の手許にたぐりよせられている。

女が吉五郎の体を突きとばすようにした。麻紐を持ったまま、ころげるように階段を下りる。あっという間に吉五郎の体は宙に浮き、鴨居の下にきりきりとぶら下った。女は麻紐の先端を階下の長持の引手へしっかり結びつける。

倉の戸が開いたのは、その時で、いくつかの提灯の光があたりを照らし出した。

東吾がかけ上って、麻紐を叩き斬ると半死半生の吉五郎がどさりと床に落ちて来た。

倉から逃げ出そうとした女は、源三郎がひきすえた。

若く、美しいが、目も眉も釣り上った女の顔が灯影に浮んだ。

「おいせ……」

平八の声が聞え、その背後にいた番頭が腰をぬかした。

# 四

「それじゃ、若先生も畝様も見込み違いだったんでございますか」

姉殺しの罪で、おいせが処刑されてから何日か過ぎた午下り、場所は例によって「かわせみ」のるいの居間。ちょうど、宿屋稼業は一番、暇な時刻だから、番頭の嘉助も、女中頭のお吉も安心して、一座に加わっている。

「面目ねえ話だが、俺も源さんも、てっきり平八が下手人だと思っていたんだが、裏木戸のところから調子が狂い、倉の戸を開けてびっくりって奴だった」

それにしても女は怖いと東吾が苦笑し、源三郎が顔をしかめたのは、たけり狂ったおいせが源三郎の腕に嚙みついて、そこはまだ紫色に歯型が残っているからである。

「それにしても、若い娘が、なんで、そんな怖しい量見になりましたんで……」

嘉助が、まだ合点の行かない顔をする。

「そいつは、お取調べでわかったことだが、おいせの母親は唐木屋の女中で、先妻が死んだあとに先代の旦那のお手がついて、おいせが生まれた。で、後妻に直したんだが、それは、世間体のためで、内実は女中の時とたいしてかわらない扱いを受けて来たんだ」

おいせも女中の子ということで、同じ唐木屋の血をひく身ながら、姉のおそのとは主従のように差別され、小間使のような立場で大きくなった。

「おそのは、自分よりも器量のいい、腹違いの妹が、なにかにつけて忌々《いまいま》しかったのだろう。いい縁談があっても片っぱしからことわってしまう。で、おいせはこのままだと自分は一生、唐木屋で只奉公をさせられると思いつめたようだ」

たまたま、平八が吉原に馴染の女を作った。

「それをおそのにいいつけたのも、おいせだ。親切ごかしに、おそのをたきつけ、やきもちの火に油を注いだんだ」

おいせは、おそののために、平八と紅葉野の件を探ると称して、同じ佐野槌に馴染の女のいる吉五郎を手なずけ、結局は自分のために利用した。

「吉五郎も金に目がくらんで、おいせのいいなりになったのだろう。吉原の玉菊燈籠を見物に行った時、おそのが紅葉野とつかみ合いをするところを俺達にみせたのは、吉五郎の才覚だ」

そうしておいて、おいせはおそのを更にそそのかして刃傷沙汰《にんじょうざた》をひきおこさせた。

「おそのが紅葉野を殺しちまっちゃあ、店に傷がつくから、怪我をさせたくらいのところで吉五郎にとり押えさせた。仮にも、人をあやめようとしたのだから、おそのはお召捕りになって遠島になるのだろうと、おいせは考えていたらしいが、なにも知らない平八が金を使って内聞におさめた。それで、とうとう、おそのを倉の中へおびき出して、吉五郎にやったのと同じ方法で鴨居からつり下げた」

おそのが死んでから、しごきを鴨居へ結び直し、麻紐のほうは、はずして片づけ、踏台などの小細工をして自殺にみせかけた。

「そうすると、おいせさんって人は、姉さんを殺して、自分が後釜にすわるつもりだったんですか」

とお吉。

「おいせが唐木屋の身代を自由にするためには、平八の女房になるのが一番の早道だ。それに、平八が自分を憎からず思っているのもちゃんと計算ずみだったろう」

ところが、お上のお調べが進んで、どうも平八に疑いがかかっているのに気がついたおいせは、悪事露見を怖れて、金をもらって高飛びをしようとした吉五郎を、倉へ招いて殺害しようとした。

「その犯人も、多分、平八になると思ったのだろう」

おそのが死に、平八がお仕置になれば、唐木屋はおいせの思うままになる。

「若くて、きれいな娘さんが、なんで又、そんな怖い……」

一様に眉をひそめた「かわせみ」の連中に東吾がよけいなことをいった。

「それもこれも、元はといえば焼餅のなせるわざだ。自分よりも若くてきれいな妹へのおそのの焼餅、自分を奉公人のように使って主人面をするおそのへのおいせの焼餅、憎むべきは女の悋気と焼餅だとは思わぬか」

るいが神妙に両手を突いた。

「ほんに、これからは東吾様がどちらへお出かけなさろうと、るいはなにも申しません。

せいぜい商売大事、お客様大事と心がけましょう」

嘉助も帳場へお戻り、お吉は台所をみておくれ、私はお客様に御挨拶を申して参りましょうと、三人は各々、立ち上って座敷を出て行くと、あとは東吾と源三郎の只二人。

「それでは、手前は、これで失礼いたします」

おかしそうに源三郎が出て行ったあと、東吾はいささか憮然として、縁側から大川を眺めていた。

空のどこやらに深まり行く秋の気配がある。

待っても待っても、るいの声は帳場のほうで聞えるだけで、座敷には戻って来ず、やがて、東吾は手枕をして、うつらうつらしはじめた。

赤とんぼが、縁側をかすめて、すいすいと飛んでいる。

東吾が本格的にねむり込んでしまった頃、るいが、そっと座敷へすべり込んだ。

あとは、いつもの「かわせみの宿」である。

# 能役者《のうやくしゃ》、清大夫《せいだゆう》

一

八丁堀の組屋敷の中にある神林家の庭は、柿の実が色づき始めていた。

当主の神林通之進は、町奉行所吟味方与力で、屋敷はお上からの拝領で、敷地はおよそ三百坪、先代が殊の外、風雅を好んで、始終、庭師や植木屋を入れていたから、池を囲む庭のたたずまいはなかなかのもので、植木も季節を思案して配置されている。

縁側に出て、東吾は兄嫁の香苗の仕度が出来るのを待っていた。

今朝方四ツ時（午前十時）にいつものように奉行所へ出仕するため屋敷を出た兄が、玄関まで見送った東吾に、

「其方は、以前、麻生家に奉公して居った、およねを存じていたな」

ふと思いついたようにいった。

麻生家というのは、兄嫁の香苗の生家で、およねは香苗の母の小間使いの女中であった。

大層な忠義者で、まだ幼かった香苗、七重の姉妹によく仕えていた。その頃、すでに母をなくしていた神林兄弟は、父の友人であった麻生源右衛門《げんえもん》の配慮で、よく本所の麻生家に招かれて、源右衛門の妻女から優しくもてなされたものであった。

で、およねの顔はよく知っていたし、又、麻生家から、手作りの餅だのちらし寿司だのが届けられる時、使に来たのは、大抵、およねであった。

「およねには、兄上ともども、随分、厄介をかけたではありませんか」

香苗が嫁に来てからも、時折はやって来て、奥むきのことも手伝って行った。ひかえめな性格だが、機転がきいて、仕事が早い。

それでなくとも女手の足りない神林家へ来て、衣がえの頃には衣類の洗い張りやら縫い直しなど、香苗の先に立ってきびきび働いていた姿を、東吾はなつかしく思い出した。

「およねは還暦になったそうだ。のちほど、香苗が祝いに行く。其方もついて行って、むかしの礼を申して参れ」

「還暦ですか……」

兄が出かけて行ってから、東吾は兄嫁にいった。

「今年の正月に屋敷へ参ったときに会いましたが、とても、そんな年にはみえませんでしたね」

髪こそ白くなっていたが、身のこなしも、話し方もてきぱきしていて、来客の多い神林家の台所を、それとなく取りしきって行ってくれた。

「私もうっかりしていたのですけれど、なくなった母と同い年でしたからね」

「月日の経つのは早いですな」

およねは、香苗が嫁いでから、南日本橋の新両替町、諸国銘茶問屋、静香堂、駿河屋重三郎のところへ、のぞまれて後妻に入り、先年、未亡人になったものの、生《な》さぬ仲の悴夫婦との仲もうまく行っていて、まず、幸せな御隠居様になっている。

「おまたせしました。東吾さま」

やがて、紋付に着かえた兄嫁が声をかけ、東吾は義姉の駕籠脇について、八丁堀を出た。

このところ、江戸は、暑くもなく寒くもなく、こうして出歩くには、いい陽気であった。

新両替町界隈には能役者の屋敷が目立つ。

一丁目には能の太鼓《たいこ》をつとめる金春《こんぱる》三郎右衛門が居り、二丁目と背中合せの弓町には観世大夫、四丁目には能脇師、進藤源七、能笛の一噌《いっそう》六郎左衛門、その先の尾張町には能大鼓《おおかわ》の樋口久左衛門、小鼓の幸《こう》清二郎などが住んでいる。

静香堂、駿河屋重三郎の店は、隣が進藤源七家であった。

奥座敷へ通されると、庭をへだてた進藤家から謡曲の稽古をしているらしい声が聞える。

「まあ、お姉様、東吾様も……」

先に来ていた七重がいそいそと声をかけ、紋付の上に、赤い袖なし羽織を着せられたおよねが嬉しそうに手を突いた。

「もったいない。香苗嬢さま、東吾坊っちゃままでお出で下さいまして」

「よせやい、およね。坊っちゃまはねえだろう」

東吾が伝法に笑い、身分違いの者を迎えて緊張した座敷の空気が、それでほぐれた。

客の大方は駿河屋の知人、親類で、どちらをむいても人の好い顔が揃っているし、当主の重三郎夫婦が、およねのために一所懸命で客をもてなしているのも感じがよかった。

料理は八百善からとりよせたもので、酒も吟味してある。

折しも、隣屋敷から聞えてくる謡曲は「菊慈童《きくじどう》」で、

「まるで、およねの祝いのために謡ってくれているようだな」

盃を手にして東吾が耳を傾けた。

節まわしにやや素人くさいところがあるものの、美声であった。

「そう、若くもないようだが……」

「清大夫様とおっしゃいまして、先頃、歿《なくな》られた進藤源七様の弟御に当るお方でございますが……」

東吾の前へ来ていた重三郎が話し出した。

「進藤源七は死んだのか」

進藤流というのは、脇方五流の一つで、御三家をはじめ、大名家のお抱えであった。

「はい、まだ四十五というお若さでしたが、大酒をなさったせいか、急に倒れて、それっきりになりましたそうで……」

お利江という妻女との間に子供がなかった。

「いずれは、御養子をということでございましたのでしょうが……」

当主が急死して、親類一同が相談したあげく、腹ちがいの弟の清大夫というのが、迎えられて屋敷へ入った。

「今、お稽古をしていらっしゃるのは、その弟御様で、四十そこそことききいて居ります」

「四十なら、他家へ養子にでもいっていたのか」

重ねて東吾が訊いたのは、迎えられて屋敷へ入った、という重三郎の言葉に、ちょっとした含みがあったからである。

「いえ、御養子というわけではございませんが、もともと、外にお出来になったお人で、本来ならば、進藤家へお入りになるお方ではなかったようで……」

「妾腹の子って奴か」

最初は、ためらいがちだった重三郎が、東吾の聞き上手にのせられて、つい喋ってしまった隣家の事情というのは、よくあるような話のくせに、いっぷう変っていた。

先代の進藤源七が子を産ませた女というのが、大山の御師《おし》の娘だったことである。

大山は相模の国御岳《おんたけ》といわれ、古くから修験道の道場であったが、その頂上に祭ってある石尊大権現が授福除災の霊験あらたかということで、民衆の信仰を集めていた。いわゆる大山詣《もう》でで、開山期の六月末から七月なかばには全国から数十万の信者が集るといわれている。

その大山には元禄の頃、貴志又七郎という能役者が伝えたといわれる大山能があって、年に数回、勧進能を行っては、その浄財で寺社の修理や諸経費をまかなっていた。演者は勿論、地元の人々だが、江戸から各々の流儀の師匠を招いて教えを受けることが多い。

大山能のワキ方は進藤流なので、進藤源七も、よく大山へ出かけて稽古をつけていた。そういう時には御師の家を宿としていたのだが、その家の娘とねんごろになり、生まれたのが清大夫だという。

「御師と申しますのは、大山の参詣に参る者の御山の案内人でございまして、私どもが大山詣でを致します時には、必ず、きまった御師の家に草鞋《わらじ》を脱ぎまして、御祈禱《きとう》などの手続きをとってもらいます」

そういう、特殊の家の娘のことで、江戸へ伴って行って、どこかへ囲い者にするのも差し障りがあり、結局、生まれた子供は母方の御師の手許で育てられ、江戸の進藤家とはかかわりなしということになっていたらしい。

「そうすると、思いがけず、兄貴が死んで、山からひっぱり出されて来たってわけか」

四十になって、いきなり能役者の後継ぎになれるものかという東吾の問いには、およねが答えた。

「私共もそう思って居りましたんでございますよ。お能などと申しますのは、物心つく頃からきびしいお稽古を受けて一人前になるときいて居りましたのでね」

ところが、隣家から聞えてくる謡は大変にしっかりしたもので、

「なんでも、大山能で稽古をして来られたとかでございます」

その下地があったから、先代の高弟が稽古をつけて、水戸様の演能の舞台も無事つとめることが出来たという。

「進藤家は水戸様のお出入りかい」

「左様でございます。もっとも、これがシテ方では舞やらなにやら、とても短い日に修業の出来ることではございますまいが、幸いにして、進藤流はワキ方で……」

「出て来て、口上いって、柱の角にすわり込んでるだけだからなあ」

東吾が乱暴なことをいい、隣にいた七重がくすくす笑い出した。

二

「東吾様はお謡のお稽古を遊ばしたことが、おありですの」

駿河屋からの帰り道、途中に買い物があるから歩いて行くという七重につき合って、

東吾は兄嫁を見送ってから、新両替町を一丁目のほうへ向った。

「あるわけがないでしょう。生来の無骨者《ぶこつもの》は、七重どのが御存じの通りだ」

「でも、先程、お隣から聞えて来たお謡を、菊慈童とおあてになりました」

「あれは門前の小僧です。ちょうど、兄上が稽古をしているのが菊慈童でしてね」

通之進が二年前から、上役に勧められて観世の謡を習っている。

「非番の日は、朝からうなっているから、いやでも文句ぐらいは耳に入る。それにしても、よく飽きもせず、一つところを繰り返し繰り返し、やっているものだと感心しますね」

「お義兄様が、お稽古を遊ばしたので、父がとても喜んで居りますの。来年のお正月には御一緒に鶴亀でも謡うつもりで居りますわ」

「そういえば、義父上《ちちうえ》の謡は玄人《くろうと》はだしでしたね」

七重が立ち寄ったのは、翁屋東紫軒という煎餅《せんべい》屋であった。

「父の好物ですの。姉も好きなので余分に買いました」

その包は、東吾が無理に持った。七重は恐縮しながらも、いそいそと東吾に寄り添って歩いて行く。

こんなところを、うっかり「かわせみ」のるいにみられたら、ちょいと一騒動だと思いながら、東吾は悪い気持ではなかった。子供の頃から、るいとは別に、妹のように愛らしく思っていた七重である。

本所の麻生家へ着いてみると、主の麻生源右衛門は帰宅したばかりで、

「まあ上れ。ちと話がある」

式台のところで挨拶をして帰ろうとするのを、強引にひっぱり上げた。

「実は、今日、奇怪な噂を耳にいたしたのでな。通之進どのの耳に入れたものかどうかと思っていたのだ」

七重に手伝わせて、裃《かみしも》をはずし、くつろいで東吾と向き合った。

「何事ですか」

老人の真剣な表情に、東吾も緊張した。

西丸御留守居役を勤め、日頃は温厚で、あまり、ものに動じない人柄の義父である。

「あくまでも噂で、真偽の程はわからぬのだが、水戸様のお屋敷に賊が入り、こともあろうに鉄砲などを盗み出して行ったと申すのじゃが……」

源右衛門が声をひそめ、東吾はあっけにとられた。

「まさか……」

御三家の一つであった。

上屋敷は小石川にあって、塀をめぐらし、堂々たる門がまえが水戸中納言の御威勢を誇っている。旗本、御家人の屋敷へ盗っ人が入ったというような話ではないのだ。

「わしが聞いた話では、水戸様ではその噂を打ち消して居られる。根も葉もないことと、むしろ、御立腹の体なのだが、どうも根拠のないことではなさそうじゃ。と申すのは、

その日、能の催しがあって参集した能役者たちが、演能を終えて辞去する頃、俄《にわか》に御邸内がさわがしくなったのをみて居るのだ」

「当日、演能があったのですか」

「このところ、水戸様ではしばしば、能の催しがあるそうじゃ」

「賊が入ったと申しますのは……」

「この月の五日とか……」

今日が十一日であった。

「もしも、その噂がまことなら、容易ならぬことですな」

賊が盗んだものが鉄砲というのは、剣呑《けんのん》であった。

「左様なものを盗み出すというのは、ただの盗っ人ではありますまい」

「わしが案じるのも、その点じゃ。もしも不逞《ふてい》の輩《やから》の手に渡って不測の事態でも起っては、とりかえしがつかぬ」

「仰せの通りです」

麻生家を出て、東吾はまっしぐらに八丁堀へ戻った。七重を送って行くと決めた時には、その帰りに大川端の「かわせみ」へ寄る量見だったが、もはや、そうしてはいられない。

通之進は居間で書見をしていた。

「早いではないか」

入って来た弟をみて、意外そうにいったのは、香苗から本所の麻生家へ行ったときいていたからで、老人の碁か、話相手か、いずれにしても容易には戻れまいと思っていたらしい。

「義父上より、かような話を承って参りました」

水戸家の一件を話すと、通之進は苦笑した。

「遂に、義父上のお耳にまで達したか」

「御奉行にお届けがあったのですか」

水戸家が、町方に協力を求めて来たのかと思った。

「そうではない。噂が聞えただけじゃ」

水戸家は貝のように沈黙を守っている。

もっとも、それは当然のことともいえた。御三家ともあろうものが、盗賊に入られて鉄砲などを盗み出されたことが天下に聞えれば、水戸家の面目は丸つぶれであった。

前例のないことではない。

かつて、田舎小僧と渾名される盗賊が大名家を荒し廻ったあげく奉行所に捕縛された時、彼の自白に従って、盗みに入ったという大名家へ問い合せたところ、どの大名家でも口をそろえて、

「そのような事実は、これなく……」

盗賊に入られたおぼえもなければ、盗まれたものもないと返事をしている。が、実際

には家紋入りの香炉や印籠が、彼のかくれ家から出て来ているし、なかには将軍家拝領の品を盗まれていて、ひそかに奉行所へ返還を願って来た大名家もあった。

結局、吟味が進めば進むほど、諸大名家に具合の悪い事実が浮び、奉行所としても立場上困って、早々に処刑してしまった。

「その賊が、吟味の折に、大名家ほど入りやすいところはないと申して居ったそうな」

たしかに、表門はいかめしく番人が警固をしているが、屋敷の中は広すぎるために、無人で、しかも始終、植木屋や庭師、大工などが出入りをしているから、通用門をそういった連中に化けて入ってしまえば、盗みは町人の家よりもたやすいと、自慢らしく喋って、吟味方の役人を仰天させたと、通之進はいった。

「成程、いわれてみればその通りでしょうな」

水戸様の邸内ともなると、殿様のいる表と、奥方や、仕える女中たちの住む奥とは別々に区切られているし、庭には築山やら池やら林やらで盗っ人がかくれようと思えば、どこにでもひそむことが出来るに違いない。

「賊に入られたというのは、事実でしょうな」

「間違いはあるまい」

水戸家でもひそかに探索を続けているのだろうが、むこうから助力を要請されない限り、町方が立ち入るわけには行かなかった。

大名家は、もとより支配違いである。

「ただ、御奉行も噂をそのままにして居られるわけではない。町方としても、内々で同心たちが動いては居る」

表むきに出来ないだけに厄介であった。

「源さんは、知っているのですか」

親友の畝源三郎は定廻り同心であった。

「ことがことだけに、東吾にも洩らさなかったのであろうよ」

奉行からは、きびしい箝口令《かんこうれい》が敷かれている。

翌朝、兄の出仕を見送って、「かわせみ」へ出かけるには時刻が早すぎるし、たまには練兵館へ一汗かきに行ったものかと思案していると、

「畝源三郎どのが、参って居られますが……」

用人が、いささか鹿爪《しかつめ》らしく取り次いだ。

いつものことで、畝源三郎は玄関の外、冠木門《かぶきもん》の脇に立って、東吾の出てくるのを待っている。

着流しに黒羽織という定廻りの恰好だが、いつも供についてくる小者の姿もなく、お手先の若い衆の顔もない。

「どうした。源さん、町廻りの途中じゃないのか」

肩を並べると、源三郎がすぐ歩き出した。八丁堀の組屋敷を出て川沿いの道を行き、橋を渡る。その先は大川端町、「かわせみ」のあるところであった。

「かわせみの客が、行方不明になっています」

秋の陽の中で、源三郎が眩《まぶ》しそうな目をして話し出した。

「昨夜で丸二日、帰って来ていません」

「伴《つ》れがいるのか」

「いや、一人旅です」

「年恰好は……」

「四十すぎの男ですが……」

「宿賃が払えなくて、夜逃げでもしたんじゃないのか」

「荷物は部屋に残っていますし、かわせみの帳場に二十両からの金をあずけています」

豊海橋を左にみて道を折れると、「かわせみ」の暖簾《のれん》がみえた。その前に、深川の長助が突っ立って、こっちが近づくのを待っている。

「旦那、只今、清住町から名主さんがおみえんなりました」

源三郎が軽くうなずいて暖簾をくぐると、上りかまちのところに、半白髪の品のいい男が腰をかけていたが、

「手前は本所清住町の名主、大達弥兵衛と申します。このたびは、とんだ御厄介をおかけいたしまして……」

丁重に頭を下げた。

「先程から奥へお通り下さいって申し上げているんですけれど、畝様がおみえになるま

では、こちらでとおっしゃって……」

源三郎のあとから入って来た東吾をみつけて、帳場にいたるいが嬉しそうに弁解した。

「ともかくも、加藤武大夫の泊っていた部屋をみて頂きましょうか」

嘉助が案内に立ち上った。

行方不明の客は、加藤武大夫というらしい。

部屋は二階の桐の間で、ふみこみの四畳半に六畳がついている。

床の間のわきには小行李が一つ、壁ぎわに道中着がかかっているだけであった。

小行李の中は肌着や股引、別に風呂敷にくるんだ奉加帳が出て来た。雨降山《あふりさん》大山寺の文字がある。

「この部屋の客は、大山詣でにかかわりがあるのか」

東吾の問いに、嘉助が答えた。

「大山寺の御師のお方なんで、御本堂の修復の寄進集めに、江戸へ出て来なすったときいて居ります」

それは、弥兵衛も承知していた。

「実を申しますと、手前は大山の石尊大権現の信者でございまして、年に一度は必ず、仲間を集めて大山詣でを欠かしたことがございません」

その折に宿をとるのが、加藤武大夫のところで、今度のように武大夫が山から下りて寄進集めに来る場合も、講中のみんなと話し合って武大夫の面倒をみた。

「その奉加帳をごらん下されば、おわかりと存じますが、武大夫さんが江戸へお出でになられてから、手前どもがお手助けをいたして、漸く、二十両の浄財が集りました」

それが、「かわせみ」の帳場にあずけてある金なのだが、

「武大夫さんはその金を持って、早速、大山へお帰りになる筈で、手前どももお知らせを受けるまでは、てっきり、もう武大夫さんは江戸を発たれたものとのみ、思って居りましたので……」

嘉助が口をはさんだ。

「その通りでございます。このお金をおあずかり申したのが三日前の午すぎ、武大夫さんは本所から戻ってみえまして、明日の朝にお発ちなさるとのお話でございました。ところが、金を手前どもにおあずけになってから、又、お出かけになりまして、お戻りは夜になってからでございましたが、急に用事が出来たので、もう一日、お発ちになるのを延ばすとおっしゃいまして……」

翌日は午前中、部屋にいて、なにか考えているふうだったが、昼飯前にそそくさと出かけて、それっきり帰って来なくなった。

「本所から戻って、再び出かける時に、どこへ行くとはいわなかったのか」

東吾が訊ね、嘉助は残念そうにうなずいた。

「知り合いを訪ねるとはおっしゃったのでございますが、それがどこのどなたさまとも」

出かける時は徒歩で、特に変った様子もなかった。が、帰って来てからは、

「なんと申しますか、狐につままれたとでもいうような御様子で、どこか、そわそわした感じで、部屋へお入りになってしまいまして……」

その態度は翌日、出かけて行く時も変らず、

「よっぽど、どうなさいましたとお訊ねしてみたいところでございましたが、声をかけにくいような按配で……」

何故、訊いてみなかったのかと、嘉助はひどく後悔していた。

ともかくも、その夜、更けても武大夫が帰らないので、嘉助は思案したあげく、深川の長助に頼んで、清住町の名主の弥兵衛のところへ行って心あたりをきいてもらったのだが、弥兵衛のほうは、今日、大山へ帰ったとばかり思っている。

「御師のようなお方ですから、よもやとは思いますが、江戸へお出でになり、お役目も終ったとなると、つい、心に隙《すき》が出来て、遊びに行かれたのかも知れないとも考えました」

吉原とまで行かなくとも、江戸に岡場所は多い。

それでも万一を思って、嘉助が自分で畝源三郎に届けに行った。

「手前も、おそらく、嘉助の想像したあたりではないかと思って居りましたが」

次の日になっても帰って来ない。

「吉原の女につかまって、いつづけってわけでもなかろうなあ」

東吾の言葉に、弥兵衛が首をふった。

「いえいえ、武大夫さんと申すお人は、律義でもの堅い、それはしっかりした御仁でございます」

女にうつつを抜かすなど、とんでもないと気色ばんでいる。そこで、ふと思い出して東吾は訊ねた。

「新両替町に住む能役者、進藤清大夫という男は、大山の御師の娘の子で、つい、先頃、江戸へ出て家督を継ぐまでは大山にいたらしいが、そんな話はきいていないか」

弥兵衛が眉をひそめるようにした。

「存じません。大山の御師の家は百数十軒もございますので……武大夫さんにきけば、わかるかも知れませんが……」

三

「加藤武大夫という御師は、いつも、ここを定宿にしているのか」

弥兵衛を深川の長助に送らせ、源三郎が町廻りに戻ってから、東吾はるいの部屋に嘉助を呼んで訊いた。

「いえ、今度が初めてでございます。御紹介下さいましたのは、清住町の弥兵衛さんで……」

それも、深川の長助が間に立ってのことだという。

「大金を集める旅でございますので、どこか安心のおける宿はと、弥兵衛さんにいわれて、長助親分が……」

「そりゃあ、ここなら大丈夫だな」

元八丁堀の同心の娘がやっている素人宿であった。泊り客は大方、なじみだし、帳場にいる番頭は、凄い捕方だった男である。

「金のほうは安心だったが、肝腎の当人が出たきり帰らねえんじゃどうにもならねえや」

金を持っていたなら、物盗りにあったと考えられるが、出かけた時の武大夫はせいぜい、小出しの財布ぐらいしか持っていなかった。

「仮に女にひっかかったにしても、金がなけりゃ、つけ馬つきで帰ってくるだろう」

大の男が迷子になったとも思えなかった。

「気になるのは、本所から帰って来て、出かけた先でなにがあったかだな」

嘉助が大きくうなずいた。

「手前も左様に思います。ただ、その行った先がわかりませんので……」

豊海橋の袂にある辻駕籠に訊いてみると、その日、その刻限に、「かわせみ」を出て来た客を乗せた者はいない。

「歩いて行ったとしますと、そう遠くではない筈で……」

出かけてから帰ってくるまでの時間は、およそ一刻（二時間）である。

「新両替町までなら、歩いて小半刻か」

独り言《ひとごと》に呟いて、東吾はるいにいった。

「いい天気だ。ちょっと歩くが、旨い煎餅を買いに行かないか」

たしかに、外は小春日和《こはるびより》であった。少し急いで歩けば汗ばむほどの陽気である。

つい昨日、七重と立ち寄った翁屋東紫軒で煎餅を買い、弓町のほうへ路地を抜け、迂《う》回《かい》して行くとやがて進藤源七の屋敷の前へ出る。

今日も屋敷の中から謡の声が洩れていた。

「こちらの御当主が、大山寺の御師の娘さんに産ませたとかいうお方なんですか」

流石《さすが》に、るいは東吾の話をよく聞いていて、

「東吾様は、うちにお泊りになった加藤武大夫さんが一昨日の夕方、訪ねて行ったのは、このお屋敷ではないかとお考えなのですね」

立ち止っているわけにも行かないので、屋敷の塀に沿ってゆっくり歩く。

幸い、この辺りは人通りがなかった。

日本橋から尾張町へ続く表通りは店が軒を並べ、往来も賑やかだが、一つ裏の道へ入ったただけでひっそりしてしまう。

「こいつは、全くの偶然なんだが、昨日、義姉上のお供で、この隣の静香堂という茶問屋へ来たんだ。その折に、進藤っていう能役者の家の事情をきいたんで、つい、気持がこっちにひっかかったんだが、あんまり、あてにはならないな」

大川端からここまでが比較的近い点と、同じ大山寺の御師仲間というつながりだけである。

「清住町の名主の話だと、大山寺の御師の家は百数十軒もあるそうだ」

「でも、同じお仲間のことですから、まるっきり知らないってこともないんじゃありませんか」

江戸から来た能役者が御師の娘に手をつけて子を産ませたというのも事件なら、その子供が四十年余りも母方の御師の家で育ったあげく、突然に父の家を継ぐことになって江戸へ去ったというのは更に大事件であったに違いない。

「ここのお屋敷の御当主となられたお方が、どんなふうに暮しているか、武大夫さんが訪ねてみようとお思いになるのは、むしろ、自然じゃありますまいか」

進藤家の塀が尽きたところで、るいが立ち止った。

「あたし、このお屋敷へ行ってきいてみましょうか」

「よせよせ、源さんに調べてもらえば、わかることだ」

「町方のお役人が行ったら、かえって厄介なことになりませんか」

相手は水戸家お出入りの能役者であった。

「あたしなら、武大夫さんがこちらへ行くといって出たきり、帰って来ないから訊きに来たですみますよ」

東吾が返事をしない中に、るいはもう、さっさと進藤家の裏口へ近づいて、すましてくぐり戸を開けている。

相変らずのおてんばがと思いながら、東吾は止めるきっかけを失って、裏口の塀のかげにかくれるようにして、内の様子を窺った。

くぐり戸は開けっぱなしになっているので、幸い、内玄関にいるるいの声は聞えてくる。

自分は大川端の宿の主人だが、客の加藤武大夫という者が、御当家を訪ねるといって出かけたまま二日も戻らないので、心配してやって来たというるいの口上に応対しているのは、内弟子のようであった。

やがて、るいがそっとくぐり戸まで、やって来て、

「今、御主人様にきいて来ますって……」

低くささやいて、又、内玄関へ戻って行く。

大胆すぎると、東吾がはらはらしていると、よく透る男の声が聞えて来た。

「わたしが当家の主人だが……」

清大夫だと思い、東吾は用心深く、くぐり戸のところからのぞいてみた。が、そこからは立っているるいの後姿しか見えない。

暫く話をしていたが、るいの礼をいう声がして、東吾はくぐり戸の横をはなれた。表通りへ向って歩いて行くと、るいの足音がゆっくりとついて来る。

追いついて来たのは、尾張町へ出て四つ角を本願寺の方角へまがってからであった。

「やっぱり、武大夫さんは、あのお屋敷を訪ねていましたよ」

いくらか息をはずませて、るいが報告した。

「三日前の夕方だそうですから、本所から帰って来て、又、出かけた時ですね」

「翌日はどうなんだ」

「訪ねて来たのは、一度きりで、明日は大山へ帰るといっていたそうですよ」

行方不明になってからは、来ていないということになる。

その時、立ち話をしている二人の横を、大きな木箱を二つ、天秤棒《てんびん》に通してふりわけにしてかついだ若者を供にした五十がらみの男が通り抜けて行った。東吾がその男に注目したのは、総髪に紋服、それに筒袴という変った風体で、しかも、腰には大小をたばさんでいたからである。

「あのお方、御師ですよ」

そっと袖をひいて、るいが教えた。

「うちへお泊りになった武大夫さんも、あれと同じ恰好をなさっていましたもの」

るいをそこへ残して、東吾はその二人のあとを追ってみた。驚いたことに、彼らが入って行ったのは、進藤家の裏口であった。

「只今、戻りました」

と挨拶する声が外まで聞えてくる。

考えて、東吾は表通りの静香堂、駿河屋へ行った。

進藤家に大山寺の御師が滞在しているようだが、と主人の重三郎に訊ねてみると、

「そのようでございます。昨夜、到着された模様で、江戸の講中を廻って御寄進を集めて居られるそうで、今朝も早くにうちの前を通って行かれました」

改めて、昨日の礼をいわれて、東吾は早々に店をとび出した。

尾張町の角で待っていたるいを駕籠に乗せ、大川端まで帰ってくると、町廻りを終えた畝源三郎が待っていた。

「申しわけありませんが、向島まで御足労願えませんか」

遠慮そうにいうのに、東吾は大きくうなずいた。

「ちょうどよかった、深川に用がある」

怨めしそうなるいの視線を背中に、夕暮の中を男二人はあたふたと永代橋のほうへ向った。

「新両替町へ行かれたそうですな」

嘉助から聞いたといい、源三郎は東吾の横顔を眺めた。

「るいの奴、いい度胸で主人に会って来やがったんだが、たいした収穫はなかった」

武大夫が進藤家を訪ねたことがわかっても、行方不明とは結びつかない。

「武大夫が行方知れずときいて、清大夫はびっくりしていたそうだ。おまけに、昨夜、別の御師が大山寺からやって来て、あの屋敷へ滞在して寄進集めに歩いている」

「成程、それで、深川へ行かれるわけですか」

永代橋を渡って、大川沿いに佐賀町を抜け、仙台堀を越えると、松平陸奥守の下屋敷がみえる。清住町はその先の小さな一角で、名主の弥兵衛の家はすぐにわかった。

入口を入って、東吾が驚いたのは、今日、尾張町でみかけたのと同じような、大きな箱を天秤でかついだ男が、土間に立っていて、弥兵衛が手伝って木箱を下へおろすところであったからだ。

「このお人は、六助さんといいましてやはり大山寺の御師の家で働いて居ります」

葛西を勧進に廻って、米の寄進を受けて来たもので、かついで来た木箱には二つで三斗からの米が入っている。

「米を大山まで運ぶのは大変でございますから、手前共が知り合いの米屋に頼んで買い取ってもらいまして……」

その銭がなにがしかに貯った時に、大山へ戻って行く。

「そうすると、江戸には、こういう連中が、かなり来ているのか」

先刻、尾張町でみかけたことを話すと、弥兵衛は何度も合点した。

「御師の方々が勧進にみえますのは、年に四回、麦、綿、米、真綿の出来る季節で、只今は米の御初穂の時期でございます」

石尊大権現や不動明王の護摩札を配布しながら浄財を集めて廻る御師が、江戸はもとより、全国に散らばって行く。

「お江戸近在だけでも、どのくらいの数になりましょうか」

御師の大方は、今日、東吾がみかけたように、集めた浄財をかついで行く供を伴っているが、加藤武大夫のように、彼の持っている講中が商家ばかりで、御膳籠と呼ぶ大きな木箱をかついで歩く必要がない場合には、一人で行動することもある。

「すると、進藤家へ入ったのも、そうした御師の一組だな」

東吾がいうと、六助と呼ばれた若者が訊ねた。

「お武家様がごらんになりましたのは、なんと申す御師で……」

「名はきかなかったが、五十がらみの頰骨のとがった男だった」

人相をいうと、六助は首をひねった。どうも心当りがないという。

「江戸の講中を廻る者は、大体、一緒に山を下りて参りますので、顔見知りでございます。それに、進藤様へ泊っているというのが合点が参りません」

「待て、なぜ、合点が行かぬ」

六助は困った顔をしたが、弥兵衛にうながされて、漸く話し続けた。

「清大夫さんは御山を裏切ったお人で……。江戸へ行って断わってくるといいながら、とうとう帰って来なかったので、御師の家ではみんな義理知らずだと立腹しています」

「進藤家を継ぐといって江戸へ行ったのではなかったのか」

「自分は謡の声もよくないし、到底、流儀を継げる腕もない。恥をかくだけだといっていたそうです」

大山に妻子もあるし、生涯、御師として御山に仕えるといった者が、江戸へ行ったきり帰って来ず、風説では、どうやら進藤家におさまっているというので、御師仲間では恩知らず、裏切り者と非難されている。

「そんな者の所へ、御山の者が立ち寄るわけがございません」

「しかし、加藤武大夫も行っているのだぞ」

「武大夫様は、清大夫をなじりに行ったに違いありません」

武大夫の姪が、清大夫の妻だといった。それならば、捨てられた姪のためにも、進藤家へ苦情をいいに行っておかしくはない。

「どうも、清大夫という男、なかなかのようですな」

弥兵衛の家を出て、源三郎が先に立った。

清住町を出はずれたところにある万年橋の袂には深川の長助が待っていた。小舟の用意がある。竿をさしているのは長助の下っ引で、心得たように、小名木《おなぎ》川を新高橋《しんたかばし》の下まで行く。本所深川は水路の町で、小名木川はここで横川と交差している。舟はむきを変えて、横川へ入った。

その横川は、又、小名木川と平行に流れている竪川と交差するが、そこを突っ切って、北中之橋、法恩寺橋と橋の下を抜け、業平橋の下を越えると突き当りが小梅瓦町、横川はそこが行き止りで鈎《かぎ》型に源森川が大川から流れて来ている。

小舟は水路に従って、源森川に入った。行く手は大川、右側は水戸様の下屋敷である。左岸は瓦焼場で、夜はなんとも寂しい場所であった。

源三郎が指図をして小舟を岸へ着けたのは水戸様の下屋敷のある側で、そこは小梅村、常泉寺という寺について折れると、ぽつんと一軒の家があった。

「進藤家の別宅で、新両替町の屋敷は町中なので、大きな催しのある時は、こちらの舞台を使って稽古をしたりしているようですが、今は、この春に歿った進藤源七の妻女が体を悪くして養生に来ています」

すでに日は暮れて、星空であった。故意に提灯をつけていないから、向い合っている相手の顔も輪郭しかみえない。

「調べたのか、源さん」

「東吾さんの話が気になりまして、下っ引に聞かせたのですが、どうも奇妙なことが出て来まして……」

進藤源七の妻女はお利江といい、三十三になるのだが、

「養生に来ているといっても、病ではなく、どうやら、みごもっているらしいのです」

「亭主は春に死んだんだろう」

進藤家に子供はなく、だからこそ妾腹の清大夫を迎えた。

「死なれてから、子が出来ているのがわかったのか」

「いや、みごもったのは、この夏のようですな」

暗い中で、源三郎が苦笑した。

「清大夫は毎晩のように、この家へ通って来ているそうですよ」

声を立てずに、東吾も笑った。

「町方ってのは、つまらねえことまで調べてくるもんだ」

提灯の灯がみえたのは、その時で、常泉寺のむこうの道から、男が二人、近づいてくる。

道のすみに、源三郎と東吾は身をひそめるようにして、その人影を見守った。

男は二人共、屈強の若者であった。天秤に大きな箱を二つずつかついでいる。

「ありゃあ、御膳籠だな」

清住町の弥兵衛の家で、六助が持っていたのと同じものであった。つまり、男達は大山寺の御師の従者のようである。

提灯は吸い込まれるように、進藤家の別宅へ入って行った。あとは、闇である。

「ちっと、おかしいな」

六助の話では、清大夫は大山を下りたきり帰って来ず、御師の仲間は彼の背信に立腹しているという。

「それなのに、新両替町の家にも、こっちにも、御師が出入りをしているというのは、どういうわけだ」

「たしかに、平仄《ひょうそく》がが合いませんな」

御膳籠をかついだ男たちの入ったあとの屋敷はひっそりしている。

屋敷といっても、別宅だけにそう広くはなく、周囲も竹垣をめぐらしているだけであった。

「源さんはここにいてくれ。ちょっと、様子をみてくる」

音もなく、東吾は垣根を越えた。建物に沿って奥へ行くと、むこうの座敷から灯が洩れていた。居間でもあろうか。

近づくと障子のむこうで女の声がした。忍び笑いに卑猥《ひわい》な雰囲気がある。

急に障子が少し開いて、男が立った。

「あれ、風が入ります」

女が男に寄り添った。かすかな光がしどけない女の恰好を浮び上らせている。東吾のひそんでいるところからは、女の容貌はしかとはみえないが、体つきはひどく色っぽい。

女が男になにかささやいたが、男はまるでとり合わず、突っ立ったまま、庭をみている。

まさか、こっちに気づいたわけではあるまいと思いながら、東吾は息をこらした。

女が男の前へ廻った。あっと思ったのは、女の手が男の帯をほどき、着物の前をかきわけるようにして、そこへ顔を伏せたからであった。女がなにをはじめたのかがわかって、若いから東吾もつい、体が熱くなる。

突っ立っている男は、女のされるままになっていた。女のほうは息を乱し、顔のむきを変えながら、ひたすら男への奉仕を続けている。

やがて、女が男の体にしがみつくようにして立ち上った。部屋の灯が、それまで影になっていた男の顔を照らした。

女が夢中になるのも無理はないと思われる美男であった。男の顔には奇妙な笑いが浮んでいる。男の手が、女の首へかかった。

東吾が、はっとしたのは、男が女の首をしめているのに気づいたからであった。

女が喜悦の声を上げた。のけぞりながら、それでも、男の腰に回した両手をはなそうとしない。ゆっくりと男が女にのしかかり、片手を女の首からはなして障子を閉めた。

## 四

東吾がめざめたのは、「かわせみ」のるいの部屋であった。

隣には、るいがかすかな寝息を立てている。

雨戸の外には雀の声が聞えていたが、まだ暗い。

どうも、おかしな夜だったと思い、東吾はるいの眠りを妨げないように、体のむきを変えた。

向島の進藤家の別宅で、のぞき見した色模様が刺激になって、昨夜はいささか荒っぽい求め方をしたのが、るいに対して気恥かしい。

が、それ以上に東吾の気持は進藤清大夫という男にこだわっていた。

只者ではないという気がする。

お利江という女を抱いていた男は、痴情に溺れていなかった。なによりも醒めた目と隙のない体つきが、それを物語っていた。

何者だろうと思う。

能役者と大山寺の御師の娘との間に生まれて、四十まで大山で育った男にしては、どうも合点が行かなかった。

それと、声であった。

香苗の供をして新両替町の駿河屋へ行った時、奥座敷へ聞えて来た隣家からの謡はなかなかの美声であった。それを、あの折、重三郎もおよねも、隣家の主人、清大夫のものだといった。

だが、昨日、清住町の弥兵衛の家で、六助から聞いた話では、清大夫は声が悪く、謡がうまくないので、進藤流のあとつぎになるのは無理だと当人も認めていたという。

大山寺には大山能があった。

御師の家に奉公している六助は、当然それをみているから、清大夫が単なる謙遜《けんそん》で、そういったのではないことを、暗に認めた口ぶりであった。

大山寺の御師の悴として育った清大夫が、悪声で、あまり芸の素質がなかったとすると、この春に江戸へやって来て、進藤家の跡取りとなり、弟子筋の者から少々の稽古を受けただけで、この秋の水戸様の演能に堂々と観世大夫のワキ方をつとめたというのが、どうにもおかしかった。

如何にきびしい修業を積んだとしても、短日月で、しかも四十になっている人間の芸が、別人のように変るとは信じ難い。

　しかし、東吾が聞いた「菊慈童」は声の良さ、節廻しのたしかさ、まず一流の出来であったと思う。

　更に、奇怪なのは、御師の家の裏切り者である清大夫の家に、明らかに御師の風体をした者たちが、ひそやかに出入りをしていることであった。

「かわせみ」に泊っていた御師の加藤武大夫にしても、行方知れずになる前日、進藤家を訪ねている。

　思案は、そこで行きづまった。

　おかしいことはいくつもあるのだが、それらをつなげる糸がなかった。

　再び、目がさめたのは朝であった。

　起き上って、縁側に出る。

　外は雨であった。昨夜までの暖かさが嘘のように、空気は冷えている。

「東吾様、お召しかえなさいませんと、お風邪を召しますよ」

　いそいそと、るいが乱れ箱を運んで来て、東吾は居間へ戻った。

　結いたての髪に、菊の柄の銀かんざしが光っている。

「髪結いが来たのか」

　昨夜の痴態を思い出して、東吾は照れた。

　るいの髪が、東吾の腕の中で、どんなになっていたか知らないわけではない。

「朝、髪を洗いましたの」

るいが赤くなった。

そうでもなければ、とても髪結いの前に出られたものではなかったのだろう。

「すまなかったな」

つい情感が先に立って、東吾が肩を抱きよせると、るいが慌てて、髪をおさえた。

「いけません、髪がこわれますもの」

それでも、体は逃げもせず、男の愛撫に溶けそうな様子であった。

「るいは、進藤清大夫に会ったのだったな」

そのことが不意に甦《よみがえ》って、東吾はいやな胸さわぎをおぼえた。

「はい、先だって、東吾様と新両替町まで参りました時……」

「どんな男だった……」

「どんなと申して……、お背の高い……」

「いい男だったろう」

「どうして御存じですの」

「俺より男前か」

「いやな方……」

冗談と、るいは笑った。

「るいには東吾様が一番」

「うまいことをいう」

「東吾様こそ、あちらこちらにお気が多くて……」

「俺には、るいが一人だ」

「嘘ばっかり、翁屋のお煎餅は麻生様の七重様がよくお求めになるそうではございませんか」

「そんなこと、誰にきいた」

「存じません」

朝の膳を運んで来た女中頭のお吉が、廊下を途中からあともどりして行った。どうやら今朝は、もう一度、髪結いを呼ぶことになりそうな按配である。

五

月が変って間もなく、江戸は一夜に三軒が押込み強盗の被害に遭った。

襲われたのは、蔵前の札差、伊勢屋、京橋の両替商、佐野徳、それに新川の酒問屋、田丸屋である。

奪われた金は伊勢屋がもっとも多く、一千両、続いて佐野徳の七百両、田丸屋の二百両となっている。

「千両箱とは豪勢だな」

神林東吾が、畝源三郎の話をきいたのは、大川端の「かわせみ」のるいの部屋で、昨夜、狸穴《まみあな》の月稽古からまっすぐここへ帰って来て、そのまま泊り込んだ翌朝のことである。

「伊勢屋の千両箱は一橋家へおさめるものだったそうです」

翌日、一橋家から受け取りに来ることになっていて、伊勢屋では昨夜、用意万端整えたところだった。

「いくら蔵前の札差でも、千両箱が年中ごろごろしているわけではありますまい」

「それにしても、札差ともあろう者が不要心じゃあないか。まさか、大戸をぶっこわされたわけでもなかろう」

金のある家など戸閉りは厳重な筈で、殊に札差のような商売では屈強の男をおいている。

「曲者《くせもの》は実に堂々と伊勢屋へ乗り込んでいるのですよ」

源三郎が寝不足の顔で忌々しげにいった。

「亥の刻（午後十時頃）前といいますから、まあ、夜更けではあるのですが」

伊勢屋の表口を叩く者があるので番頭が臆病窓からのぞいてみると、立派な身なりをした武士が三、四人、中間《ちゅうげん》に大八車を曳《ひ》かせて立っている。

武士の持っている提灯には一橋家の家紋が入っているし、そのあかりで大八車についている一橋家御用の札もみえたから、番頭は慌ててくぐりをあけて出て行くと、明朝、取りに来る筈の千両を、急の御用で今夜の中に受け取りたいという。

心得た番頭が主人に取り次ぎ、もう寝巻に着かえてしまっていた主人がとりあえず番頭に倉の鍵を渡して自分は着がえをして出てみると、番頭は斬り殺されていて、倉のとばくちにおいた千両箱が消えていた。

「主人は家の者を呼びながら、すぐ表へとび出したそうですが、その時は、侍たちも大八車もみえなかったそうでして……」

念のために、一橋家へ問い合せてみると、こちらは明日、受け取りに行く予定を変更した事実はなくて、先刻の連中は偽者とわかった。が、後の祭である。

京橋の両替商、佐野徳のところも、似たりよったりの手口で、こちらは松平右京大夫家の者と名乗り、松平家に伝来の茶道具を、佐野徳を通じて、さる方へ譲渡した代金を、至急、入用なので深夜ながら受け取りに来たという口上で、やはり、松平家の紋所入りの提灯を持った武士が若党三人を供につれて来た。

「佐野徳のほうは、疑いもしませんで店へ入れますと、これが強盗に早変りしました」

主人夫婦をはじめ、一家は殆《ほとん》ど皆殺しにあったが、屋根裏へかくれた女中二人と小僧が命拾いをして泣きながら番屋へ知らせに来た。

無論、町方がかけつけた時には、曲者の影もかたちもない。

「新川の田丸屋さんには奥女中が参ったそうでございますね」

口を出したのは、るいで、新川はほんの隣町、それでなくともこういう事件に好奇心の強い「かわせみ」一家のことなので、番頭の嘉助や女中頭のお吉が、近所の噂をきいて来て、るいの耳に入れている。

「田丸屋さんじゃ、たしか上のお嬢さんが行儀見習にお大名家の奥向きに御奉公してい
て、そのお人に縁談が決って、来年にはお嫁に行かれるそうですよ」

強盗に入られた日に結納が入り、その夜、かなり更けてから、

「娘さんの御奉公先から、お使がみえたんだそうです」

若党一人をつれた奥女中で、田丸屋が戸を開けると、どこかにかくれていたのか五、
六人の男が抜刀して押し入り、ここでも助かったのは台所へかくれていた女中と、八歳
になる田丸屋の末娘だけである。

伊勢屋は別として、佐野徳も田丸屋も生き残った者が女子供ばかりなので、強盗の押
し入った時刻やその段取りが、少々、あやふやではあるものの、

「三軒共、ほぼ、同じ刻限にやられています」

ということは、同一の犯人ではなさそうだが、

「手口は、そっくりだな」

面白いといっては語弊《ごへい》があるが、三軒とも侍が絡んでいるし、

「事情を知りすぎるくらい、知っています」

一橋家では、たしかに翌日、伊勢屋から千両を受け取ることになっているし、松平右
京大夫家では、茶道具を売ることを佐野徳に委託していた。

田丸屋の娘が武家奉公に上っているのも事実なら、縁談がまとまって、この暮にはお

暇を取ることになっていて、親許にその当日、結納金が入っている。

「偶然の一致とは思えません」

おそらく、同じ仲間の所業と奉行所は考えている。

「三軒が、ばらばらだな」

東吾がぽつんといった。

一橋家は御三卿《ごさんきよう》の一つであった。松平右京大夫は旗本で、田丸屋の娘の奉公先は大久保加賀守である。

「田丸屋の場合は娘の縁談だから、親類縁者は知っているだろう。一橋家と松平家のほうは、あまり、おおっぴらに話すことじゃなさそうだ」

一橋家の場合は、役目の者たちだけであろうし、松平家は内輪のみだろう。

「曲者は、どうやってその事情を知ったんだ」

「伊勢屋、佐野徳のほうに、一味へ洩らした者がいたのではありませんか」

三軒とも、奉公人を洗っているが、今のところ、それらしい人物は浮んで来ない。

「それにしても、芝居もどきだな」

どうせ偽物だろうが、家紋入りの提灯の小道具に、侍姿、奥女中まで登場している。

「賊が侍に化けたのか、侍が賊になったのか、議論が分かれています」

浪人は別として、旗本、御家人の間にも、かなり内情の苦しい家が増えている。

「よもやとは思いますが、背に腹はかえられずという場合がないとはいえません」

伊勢屋も佐野徳も、侍相手の金貸しのようなことをやっている。

「そういうことになりますと、町方はやりにくくなります」

「しかし、それならそれで、調べは容易じゃないのか」

伊勢屋や佐野徳の帳簿から、大金を借りて返せずに困っている侍を洗い出せばいいと東吾がいい、源三郎が苦笑した。

「数が多すぎるのです。伊勢屋にも佐野徳にも、莫大な借金をして返せないでいる旗本、御家人は十軒や二十軒ではありません」

「武士も堕ちたものだな」

「身につまされていけませんな」

八丁堀の組屋敷の中でも、お上から拝領している屋敷の地所の一部を、医者などに貸して地代を取っている者がある。

勿論、表向きではないが、大方はみてみぬふり、いわば公認であった。

それでも、与力、同心などは出入り先の大名家からのつけ届けが奉行所にあって、その配分があるから、暮しはまだ裕福であった。

「三軒を襲ったのが、一味だとすると、かなりの人数の仲間だな」

ざっと十五、六人が動いている。

「どうも、皆目、見当がつかねえが……」

生あくびをして、東吾が帰りかける源三郎へ最後にいった。

「伊勢屋と佐野徳と双方から借金をしている奴はいないのか。出来れば、そいつが田丸屋にひっかかりがあれば、尚更、うまいんだがな」

調べてみましょう、といい、源三郎が立ち去ったあと、東吾は午《ひる》近くまで、るいの部屋でごろごろしていたが、やがて思い立ったように身仕度をしてそそくさと出かけて行った。

八丁堀の神林家へ帰るものとばかり思って見送ったるいが部屋へ戻ってくると、ちょうど葛西舟が大川を下りて来て、お吉が川っぷちで買い物をしている。

「今年は柿と栗が豊作なんですって」

もう少し早く舟が来れば、東吾様に差し上げられたのにと残念そうなお吉の声に釣られて川岸の土手へ上って行ったるいは、なんの気なしに永代橋のほうを眺めて、はっとした。

明らかに、東吾とわかるのが、急ぎ足に橋を渡って深川のほうへ向っていたからである。

今頃から、どこへ行くのだろうと思い、るいは急に胸が熱くなった。

深川の先、本所には麻生源右衛門の屋敷がある。東吾にとっては兄嫁の香苗の実家で、そこには香苗の妹の七重が、まだ聟《むこ》もとらず、嫁にも行かずに、ひっそりと暮している。

六

るいの推察通り、東吾が訪ねて行ったのは小名木川沿いにある旗本、麻生源右衛門の屋敷で、主はまだお城から下って来ていなかったが、七重がいそいそと迎えた。

門を入って来た時、小鼓の音が聞えていたが、通された居間の床の間には、七重が慌てて片づけたらしい小鼓がおいてある。

「父のいいつけで、又、お稽古をはじめましたの」

源右衛門の謡につき合って、娘は小鼓を習っていたのだが、

「なんですか、あまり、のんきらしくて」

つい、やめていたのが、謡の相手をしてもらいたい父親の所望で、

「尾張町の幸清二郎先生のところへ通って居りますの」

東吾は、つい破顔した。

「それはもっけの幸いだ。稽古日はいつなのだ」

「今日も参るつもりでございましたが、参りません。折角、東吾様がおみえ下さったのですもの」

「いや、是非、行きなさい。俺が七重どのの供をしよう」

「東吾様もお稽古を遊ばしますの」

「幸先生にきいてみたいことがあるのだ」

ここへ来た時の心算では、源右衛門の謡の師である観世大夫を紹介してもらう気だったが、

「小鼓でもいいんだ。どっちみち、同じ穴の狢《むじな》なんだから……」

「七重のお師匠様に無礼なお訊ねをなさいますのなら、連れて行ってさし上げません」

幼なじみだから、そんな憎まれ口をききながら、東吾の訊きたいというのが、おそらくなにかの探索のことと見当のついている七重は、すぐ用人に駕籠の仕度をさせた。

尾張町までは、今しがた渡って来た永代橋をあと戻りする。

幸清二郎は、鶴を思わせる老人であった。

六十なかばだろうか、髪はもうすっかり白くなっているが、小鼓を打つ時の、裂帛《れっぱく》のかけ声は壮年の張りがある。

七重の稽古の済むまで、東吾は神妙に待っていた。

「さて、手前になんぞお訊ねがおありとか」

老人が声をかけてくれたのは、小半刻（三十分）の後で、七重はさりげなく次の間へ下っている。

「突然、不躾《ぶしつけ》なことをお訊ね申しますが……」

進藤清大夫について、と東吾が切り出すと、老人は僅かに眉をひそめるようにした。

「彼の仁《じん》の芸を、どのようにごらんなされますか」

幸清二郎が東吾を眺めた。

「手前はワキ方ではござらねば……」

「幸先生がごらんになった清大夫の芸について、うかがえませんか」

率直な東吾の言葉に老人が柔和な目をした。

「左様、されば、ひとくちに申して、まことに器用な、と感じ入りました」

「それは、修業によるものでござろうか、それとも天性の資質と申すものでしょうか」

「天性でありましょうなあ」

能によらず、何事にも才気があって、労せずして人にぬきん出るものを持っていると老人はいった。

「但し、人の世はなかなかに面白きものにて、才ある者、必ずしも、万人を感動させる能を致すというものではありませんが……」

東吾は更に膝を進めた。

「清大夫は大山能にて修業をして参ったそうですが、その名残りのようなものをお感じになりましょうか」

いいや、というのが老人の返事であった。

「大山能は手前も二度ばかり拝見したことがござるが、やはり江戸の能とは違って、どこやらに、よく申せば鄙《ひな》びた、その故にこそ優美を欠くところがござった。なれども、清大夫どのの芸風をみるに、左様なことは微塵もこれなく、むしろ、お若い時より江戸にて稽古を積まれたようにお見受けいたしましたが……」

短日月の中に、よくぞ、大山能の癖を取り去ったものと、幸清二郎は驚いている。

「先月五日、水戸様の御屋敷での演能の際は、先生も舞台をつとめられたとか、その折なんぞ、お気づきのことはございませんか」

水戸家では、未だに公けにしていないが、その夜、屋敷内に盗賊が入って、鉄砲などを奪われている。

「その件につきましては、その筋よりもお訊ねを受けましたが、これといって……」

演能を終えて、奥座敷へ移り、膳部に酒が出たあたりで、少々、表のほうがさわがしかったが、よもや、賊が入ったとも思わず、やがていつものように退出したという。

「かたじけのうございました。お稽古の間をわずらわせまして恐縮に存じます」

待っていた七重と共に、幸家を辞した。

「もはや、父も戻って参る刻限でございます。よろしければ、今一度、私どもへお越し下さいませんか。父がどのように喜びますか」

外へ出てから七重がいったが、正直のところ、幸清二郎の話を聞くのが目的で、さしあたって麻生家へ行き、源右衛門の話相手をするには気がせいていた。

「七重どのをだしに使ったようで申しわけないが、実は厄介な事件があって、源さんが手前の帰りを待っている筈です」

また、あらためてといわれて、七重は少し寂しそうに、それでも笑顔を残して駕籠で帰って行った。

まっしぐらに八丁堀へ戻ってくると、

「今しがた、畝様がおみえで、東吾様のお居間でお待ちでございますよ」

兄嫁の香苗が声をかけた。その香苗の心づくしで、源三郎の前には、ちょっとした膳に酒が一本、出ている。

「実は七重の供をして幸清三郎のところへ行って来た」

幸老人の清大夫に対する感想を話すと、源三郎は一々、合点しながら聞いていたが、

「手前のほうの調べでも、不思議なことがわかりました」

一夜にして賊に入られた三軒の中、伊勢屋にも佐野徳にも借金のある旗本があったというのである。

「旗本か」

「小石川伝通院の近くに屋敷のある、大川権左衛門と申す者で二百石、今のところ御当主は老齢のため、無役だそうで……」

二百石といえば、旗本の中でも最下位であった。おまけに無役となると、内証の苦しさはおよそ想像出来る。

伊勢屋のほうには、もう何年も先の知行《ちぎょう》まで前借りになっているし、佐野徳からも高利の金を借りていた。

近所の話だと、権左衛門には、なかなかきれいな娘があるのだが、それが病弱で、もはや三十をすぎているが、未だに嫁にも行けない有様だという。

「悴はいないのか」

「大川家では内聞にしているようですが、実は長男の紋之助というのが、だいぶ前から家を出ているようです」

「女にでも狂って勘当されたのか」

「そうではありませんで……、なんといいますか、貧乏暮しに愛想をつかして出奔《しゅっぽん》したと申すのです」

源三郎が下っ引を使って小まめに集めて来た、その界隈の噂によると、

「大川紋之助と申す男は、大層な秀才で、子供の時から文武両道に優れ、神童のほまれが高かったそうですが、それが、かえって仇となりましたようで……」

天下泰平の世では、文武に秀れているからといって立身出世の機会があるわけではない。

最初の中は、当人もその気になって諸方に金を使って、役付になろうとしたらしいが、

「まず、金だけ受け取って、そ知らぬ顔という奴だろうな」

そうした旗本、御家人の悲劇は、東吾にしても、しばしば耳にしている。

「才気に恵まれていただけに、やがて当人が自暴自棄になったようですな」

どうあがいても、一生、貧乏旗本の泥沼から這《は》い上る方法はないと思った時、大川紋之助は家をとび出してしまったらしい。

「消息は、わからないのか」

「大川家では、病気療養のため外へ出したといっているのですが……」

その場所はどことい って、はっきりしない。

「そんなですから、家督相続もまだで、七十歳になろうという当主が、奥方と娘と三人暮しでして……」

奉公人もまともに給金がもらえないらしく、始終、出たり入ったりしているが、

「一人だけ、古くから奉公している女中がいまして、それが、田丸屋の遠縁に当るそうです」

「源さん、そいつはひょっとするとひょっとするかも知れねえな」

「手前も、そう思いまして……」

「紋之助というのは、いくつぐらいなんだ」

「生きていれば、四十そこそこ、妹のほうも美人ですが、その仁も役者のような男前だったとかで……」

ふっと東吾の視線が宙に浮いた。

「よもやという気がしないでもないが、もう一度、訊いてみてくれないか、大川紋之助は芸事なんぞ習っていなかったか」

源三郎が東吾をみつめた。

「謡をやっていたかということですか」

「そうなりゃあ、面白いが……」

慌しく膳の上の皿小鉢をからにして、源三郎がとび出して行ってから、東吾は兄の居間へ行った。これまでの経過をざっと話すと、通之進が大きくうなずいた。

「東吾は、大川紋之助なる者が、進藤清大夫と推察して居るのか」

「いささか、強引ではありますが、点と点をすべて結んでみると、そんな気がしなくもありません」

なにより不審だったのは、

「大山寺から参っている六助と申す御師の家の者の話では、清大夫は謡の声も悪く、流儀を継げる腕もないと申して居ったとか」

異腹の兄が急死して、自分が進藤流を継ぐことになったのを、むしろ迷惑がっていて、江戸へ行き断りをいってくるといい、大山を出発している。

「ところが、清大夫は江戸へ来て、進藤流を継ぎ、水戸家の演能にも観世大夫のワキをつとめて居ります。手前が、義姉上の供をして参った、静香堂で庭越しにきいた清大夫の謡は、たいそうな美声でございました」

どうも、大山を出た清大夫と、江戸へ来た清大夫の人物像が、ひどく食い違っていると東吾はいった。

「どこかで、清大夫が紋之助に入れかわっていると考えると、辻褄《つじつま》が合いやすくなります」

「東吾の申す通りなら、何故、紋之助は清大夫になりすましたのか」

考えてみれば危険であった。大山寺の御師は勧進のために江戸の町にも下りてくる。その誰かに顔をみられれば、忽《たちま》ち、化けの皮がはがれるのだ。

「紋之助という奴が、大胆不敵なら、それくらいの危険は冒すでしょう。それに、大山の御師が江戸へ出て参るとはいっても、御師のほうから進藤家を訪ねて来なければ、なかなか、ばれることもありますまい」

その御師たちは、六助のいうように、清大夫を裏切り者として、進藤家には立ち寄らないよう申し合せをしている。

「たまたま、加藤武大夫と申す御師が進藤家へ訪ねて参ったのは、彼の姪が清大夫の妻という間柄から、おそらく、清大夫を詰問するつもりであったかと思われます」

だが、その武大夫は未だに、行方が知れない。

「清大夫の首実検をしてみることだな。大山から参っている御師なら、彼の顔を存じて居ろう」

「今一つ、大川紋之助の顔を知っている者に、清大夫をみせたいのですが……」

通之進が、いささか血気にはやっている弟を眺めて苦笑した。

「考えてみよう。しかし、相手は旗本、その辺のことを、よう段取りしておかぬと、魚をのがすぞ」

「それは心得て居ります。それと、ついでながら、もう一つのお願いは、一橋家の侍、殊に、あの日、伊勢屋へ金を受け取りに行く役目の者、或いはその者と近しい仲の者で、謡の稽古をしている仁はないか、又、松平右京大夫家の者で、同じく謡曲にかかわり合いのある侍がないかも、合せて、兄上のほうから観世大夫どのを通じて、それとなくお調べ頂きたいのです」

通之進が大きな声で笑い出した。

「香苗、聞いたか。こやつ奴《め》、畝源三郎の手先の分際で、吟味方与力を探索に使う気で居るぞ」

兄嫁が、娘の時と変らない調子で、これも笑いながら答えた。

「幸い、里の父も謡のお稽古をして居ります。その筋からも、東吾様のお手伝いが出来ましょう。早速、七重に申してやりましょう」

東吾が米つきばったのように頭を下げた。

「義姉上、何分、よろしくお願い申します。ことは急を要します」

もしも、この一連の事件の主謀者が、大川紋之助であったとすると、彼が腹を立てているのは、幕閣の体制であった。そうしたものをくつがえそうというのが、彼の最終目的だとすると、この先、なにが起るかわからない。

「東吾、おぼえて居れよ。人の恋路の邪魔をする奴は、やがてどんなしかえしを受けるか……」

たまさかに、奉行所から早く帰って、夫婦水入らずでくつろいでいたものをと、冗談めかして笑いながら通之進は、その言葉とは裏腹にそそくさと身仕度をして出かけて行った。

香苗も今夜の中に本所の実家へといい、東吾は兄嫁を麻生家へ送った足で、清住町の弥兵衛を訪ねると、そこに畝源三郎が来ていた。

「実は、大山から来ている六助に、ひそかに進藤清大夫の首実検をさせようと致して参ったのですが、あいにく、六助は下総のほうへ勧進に出ていて、あと三日もしませんと江戸には戻って来ぬそうでございます」

弥兵衛の知る限りでは、今のところ、江戸に残っている御師はなく、六助の一行が江戸へ戻れば、必ず弥兵衛の家へ寄ることになっているので、

「その折は、直ちにお知らせ申します」

という。

「あと三日か」

今から大山へ使を出して、清大夫の顔を知っている者を江戸へ呼ぶとしても、やはり往復でそれくらいはかかりそうであった。それに、大山から人を呼ぶとなると、内密にとはいっても、まるでこちらの事情を話さないわけにも行かず、下手をすると、清大夫が偽者ではないかと疑っているのが、むこうで噂になりかねない。

「なるべくなら、ことを大きくしたくありませんので……」

万が一、清大夫が本物だった場合、水戸家をはじめ、大名家に出入りを許されている能役者だけに厄介なことにもなりかねなかった。

「六助の来るのを待つか」

じれったい気持で、東吾は源三郎を誘って再び、本所の麻生家へ寄り、兄嫁の供をして八丁堀へ帰った。

「実は、大川紋之助の顔を知っている者に、清大夫の首実検をさせることも考えているのですが……」

ことがことだけに、旗本などには依頼しにくく、

「大川家に出入りの町人たちに、紋之助を見知っている者はないか訊ねて居りますが、どうも適当なのが見当りません」

こっちのほうから攻め込むのも、相手が旗本では、町方としては、やりにくい限りであった。

七

麻生家から七重がやって来たのは、香苗が東吾の頼みを伝えに行った翌日の夜で、

「父の謡仲間の中に、一橋家、御家人のお方が居られまして、そのお方から訊いて頂いたそうでございますが……」

伊勢屋へ御用金を受け取りに行く役目の侍で、若林八右衛門というのが進藤流の謡を習っていて、たまたま、そのお役目の当日が稽古日に当ったため、その旨を進藤清大夫に告げ稽古を休む了解を取っていたという。

「そのようなことで、東吾様のお役に立ちましょうか」

七重にいわれて、東吾は小躍《こおど》りした。

「有難いぞ、七重どの、大助かりだ」

少くとも、一橋家で何日に伊勢屋へ千両の金を受け取りに行く予定かを、進藤清大夫が知っていたことになる。

「残るは、松平右京大夫のほうだが……」

そっちの報告は、更に一日遅れて、通之進がもたらした。

「東吾、よう聞け、松平右京大夫家では、用人の小林吉蔵と申す者が進藤清大夫に稽古へ参って居る」

右京大夫自ら、用人を問い質したところ、稽古の折に、茶道具を佐野徳を通じて譲渡したことを喋ったと、事情はわからぬながら、蒼白になって答えたという。

「兄上、これはもう九分通り、進藤清大夫は大川紋之助の化けたものに間違いありません」

東吾は勢込んだが、通之進はあくまでも慎重であった。

「仮に進藤清大夫が大川紋之助であったとすると、紋之助はなんのために清大夫になりすましたのであろうか」

「それは、能役者ならば、大名家、或いは高貴の方々の御前に出る機会があるからではありませんか。もしも、紋之助がお上の御政道に怨みを持ち、天下をさわがそうとするならば、なにかにつけて便利な立場と思えますが……」

水戸家に賊が入って鉄砲を盗まれた事件にしても、

「当日、清大夫は演能のため、水戸家へ招かれて居ります。彼が手引をしてのことに違いなかろうと存じます」

大川紋之助は、なにかで江戸を逃れて大山へ滞在していたか、或いは、別の事情から進藤家へ妾腹の清大夫が乗り込むことを知ったか、その辺のことはわからないが、

「進藤家を継ぐ気がなく、辞退するつもりで江戸へむかった清大夫を、おそらくは殺害し、自分が清大夫になりかわって進藤家へ乗り込んだに違いありません」

進藤家のほうは、当主の源七は死んでしまっているし、誰も、大山で育った、先代のかくし子の顔を知らなかったのではないかと東吾はいった。

「それにしても大胆不敵ではないか」

「源さんの調べたところによると、大川紋之助と申す男は、なかなかの才人のようです。彼なら、やりかねないと存じます」

「それにしても、証拠がないな」

首実検の結果、清大夫が大川紋之助とわかったとしても、伊勢屋、佐野徳を襲った賊が、彼の一味と断定する物的証拠がなかった。

「紋之助は、おそらく清大夫を殺して居りましょう。又、彼を訪ねて行った加藤武大夫も彼によって殺されている可能性があります」

が、それも死体がみつかっていない。

観世大夫から知らせがあったのは、そんな時で、

「明後日、水戸様の下屋敷にて、ごく内輪の能の催しがございます」

ごらんになるのは、御簾中《ごれんちゅう》をはじめとして奥に仕える女中衆ばかり、演目は「羽衣」、清大夫は特にお名ざしで、観世大夫のワキをつとめるという。

同じ時、清住町の弥兵衛がとんで来た。

「六助が戻りました。いつにてもお役に立ちたいと申しております」

その日の中に、六助の身柄は八丁堀に移された。

そして当日。

「大川紋之助の顔を見知っている者がみつかりました」

以前、大川家に奉公していたことのある女で、おときといい、今は池之端の小間物屋の女房になっている。

「今から十二年と申しますから、ちょうど、紋之助が屋敷を出奔する直前です」

首実検は二手に分れた。

まず、六助に東吾がついて、進藤家の門の近くに張り込み、水戸家からさし廻しの駕籠に乗る清大夫を見届けた。二番手はおときで、こちらは畝源三郎がついて、水戸家下屋敷の門前で清大夫が駕籠から下りるところをねらった。

「あれは、清大夫じゃございません。大山に居りました清大夫は、頬骨の張った、いか

つい顔をして居りまして、背もずっと低うございました」

と六助がいい、その六助を伴って東吾が水戸家下屋敷へかけつけると、

「やはり、大川紋之助に間違いありません。おときが知っている十何年前よりも、やや肥って貫禄がついたそうですが、見間違える筈はないと申しています」

源三郎も張り切っている。

すでに神林通之進の采配《さいはい》で、奉行所からは与力、大友啓之助が同心を数名、伴って水戸家の外へやって来た。

清大夫が大川紋之助とわかった今、あくまでも能役者清大夫ということで、水戸家の演能が終って門外へ出てくる彼へ、少々、お訊ねしたいことがあるから、御同道願いたいという口上で、彼を奉行所へ伴って行こうという寸法であった。それで逆らうようなら召捕りの手筈もととのっている。

だだっ広い水戸家下屋敷のどの辺りで能が行われているのかわからないが、塀外に待機している下っ引連中の耳にも、邸内からかすかに謡の声、鼓の音が聞えてくる。

やがて、二刻が過ぎ、秋の陽は釣瓶《つるべ》落しに暮れて行く。

水戸家の門があき、観世大夫を先頭に能役者、囃子《はやし》方が続いて退出して来たが、その中に進藤清大夫の姿はない。

「はて、如何《いかが》なこと、つい、御玄関先までは一緒に参ったに……」

はて面妖《めんよう》なと観世大夫が首をかしげている中に、水戸家の表門は音をたてて閉った。

大友啓之助が門番を通じて、問い合せても、

「能役者どもは、一人残らず退出した」

という返事である。

町方としては、それ以上、追及するわけには行かず、途方に暮れて、とりあえず奉行所へ使をやり、この儘、ひき揚げるか、それとも水戸家へかけ合うかについて、上役の指示を待っていると、やがて、使が戻って来て、今日はこの儘、立ち戻るようにと奉行の下知を伝えた。

釈然としない顔で、大友啓之助以下、奉行所の人々が水戸家の門前から姿を消して更に二刻あまり、夜は更け、ただでさえ寂しいこの辺りはひっそりと物音がなくなった。

その水戸家下屋敷の大川に面した裏木戸が音もなく開き、奥女中らしい人影が川っぷちに出て、しきりに辺りを窺《うかが》っていたが、あたりに人影のないのを確かめると、すぐにくぐりの内に入り、そのかわりに頭巾に面を包んだ男が素早く、外へ出た。これも、要心深く左右に目をくばってから、岸辺につけている小舟に身を躍らせた。舟には、船頭が一人、

「源森川へ入ってくれ」

低く、男が命じ、船頭は軽くうなずいて、ぐいと竿をさす。

大川から源森川へ、舟ばたに小さな水音を立てながら進んだ。

頰かむりをした恰好で、黙々と竿を動かしていた船頭が、そっと頭巾の男のほうを眺

め、舟を岸へ近づけて行く。そこから陸へ上れば、常泉寺、その先に進藤家の別宅がある。

「舟を停めるな、別宅には寄らぬ。急いで横川へ抜けてくれ」

頭巾の男が命じたにもかかわらず、船頭は聞えないのか、岸へゆっくり小舟をつける。

「おい、なにをして居る。屋敷へは寄らぬと申して居る」

男が強く叱咤《しった》した時、岸からひらりと男が小舟に舞い下りた。

「清大夫、流石に勘が鋭いな。進藤家の別宅には、手が廻ったと気がついて、一人で逃《ず》らかろうてえ魂胆らしいが、そうは問屋が卸さねえ」

暗い中で、東吾が人なつこい笑顔をみせ、船頭が頬かむりをとった。これは、深川の長助である。

「気の毒だが、お前が迎えによこした仲間の船頭は、とっくにお召捕りになっている。進藤家の別宅に集っているお前の仲間も残らずお縄になっているんだ。お前も観念するんだな」

だっと空気が揺れて、清大夫、いや大川紋之助が脇差を抜いた。小舟がぐらりと傾く。

「往生ぎわの悪い奴だな」

軽く躱《かわ》しておいて、東吾は相手の脇差を叩き落し、川へとび込もうとするのを強引にねじ伏せた。長助が待っていたように捕縄をかける。

「お前、加藤武大夫の死骸を、そこの進藤家の別宅の床下にかくしたろう。あいにく、ここらは野良犬が多いんだ。犬が死骸をひきずり出すとは、とんだ計算違いだったな」

東吾の言葉で、それまで激しくもがいていた大川紋之助が静かになった。

「東吾殿、御苦労でござった。あとは手前が……」

岸から大友啓之助が声をかけ、東吾と交替して、同心二人と共に小舟に移る。このまま八丁堀へ護送する気らしい。

それを見送って、東吾が、これも本物の船頭と交替した長助を伴って、進藤家の別宅へ行ってみると、そちらには畝源三郎の指揮で、屋敷内にいた紋之助の一味、六人が残らず捕縛され、なにもわからない進藤源七の未亡人が、大きな腹を抱えるようにして、泣き叫んでいる。

「お手柄だったな。源さん」

「東吾さんこそ、御苦労でした」

おたがいにねぎらい合って、こっちは深川へ出て、永代橋を渡って八丁堀へ帰ってみると、頭から水びたしになった船頭が、

「清大夫に逃げられました。大川のまん中でいきなり舟をひっくり返されまして……」

縄つきのまま、突然、大友啓之助に体当りし、彼を押えようととびついた同心達をふり切って水中へとび込んだという。その反動で小舟は転覆し、船頭だけが、なんとか岸へ泳ぎついて助けを求めたという。

豊海橋の袂から、直ちに舟が漕ぎ出されて二人の同心だけは助け上げたが、大友啓之

助も清大夫こと大川紋之助もみつからず、一夜あけて、大友啓之助だけが死体となって岸近くに浮んだ。

「それじゃあ、大川紋之助っていうお旗本は逃げちまったんですか」

事件があって三日後の「かわせみ」の、るいの居間で、熱心にきいていた女中頭のお吉が、素頓狂《すっとんきょう》な声をあげた。

「冗談じゃありませんよ。折角、東吾様がつかまえて下さったってのに……」

「奉行所では、一応、死体は海へでも流されたのではないかと申しています。なにしろ、捕縄されたまま、とび込んだんですから」

両手が自由で、しかも少々は水練のたしなみのある大友啓之助ですら、溺れ死んだのだからという判断だが、それを口にした源三郎は勿論、東吾も大川紋之助が死んだとは思っていなかった。

「悪運の強い奴だ。おそらくは逃げおおせたに違いない」

よくよくの自信がなければ、大川のまん中で川へとび込むなどという真似は出来ない。

かつて、大川紋之助とつき合いのあった旗本に訊ねてみると、紋之助は武術百般諸芸に通じ、水練にも長じていたというのである。

「野犬が、武大夫さんの死骸を床下からひっぱり出したっていうのは本当なんですか」

「かわせみ」へ泊った客のことであった。るいが青ざめて訊ねるのも無理ではなく、

「あれは、実に具合のいい偶然だったんだ」

進藤家の別宅には、早くから源三郎の命を受けて下っ引が張り込んでいた。その一人が床下から人間をひきずり出した犬に気がついて、追いかけて行って犬の口から着物の袖を取りかえした。

「着物の袖から、どうやら死体が加藤武大夫とわかりまして、御奉行も決断されたようです」

清大夫、つまり大川紋之助を捕縛せよ、ということになって、東吾が水戸家の裏口へ張り込んだ。

「もっとも、東吾さんは奉行所の下知がなくとも、紋之助を捕える気だったようですがね」

首尾よく捕えた紋之助を、大川で逃がしてしまった。

「いったい、どうやって、紋之助は清大夫になりすましたんでございますか」

奉行所の失態を我がことのように歯ぎしりして口惜しがっていた嘉助が訊ねた。

「そいつは大山へ使に行ったのが、調べて来たんだが、大川紋之助は、どうやら江戸でなにかをやらかして、ほとぼりをさますために大山のしるべをたよって身を寄せていたんだ」

たまたま、それが進藤清大夫と親しい人間で、その者を通じて、紋之助は清大夫と知り合った。

「紋之助という奴は、智恵があって、おまけに口が達者だ。清大夫にしてみれば、旗本の悴ときいていただろうし、すっかり頼り甲斐のある人物と信じて、自分の身の上話もし、江戸へ行くことの相談もしたのだろう」

紋之助は清大夫に江戸へ行くことを勧め、自分も一緒に大山を発った。

「多分、江戸の進藤家へ行って話をつけてやるとでもいったのだろう」

江戸へ入った紋之助は、清大夫を宿へ待たせておいて、進藤家の様子を探り、別宅が小梅村にあるのを知ると、そこへ清大夫を伴って行って殺した。

「そう考えねえと、進藤家の別宅の床下から清大夫の死体が出たことの説明がつかねえんだ」

「床下から出たのは、加藤武大夫じゃなかったんですか」

るいに訊かれて、東吾が苦笑した。

「床下の死骸は二つだったんだ」

武大夫の死体を取り出すために床下へ入った下っ引が、もう一体の腐り果てた清大夫の死体をみつけた。

「顔なんぞは、もうみるかげもなくなっていたが、衣類なんぞで、清大夫とわかったそうだ」

それにしても、大川紋之助という男が得体の知れないのは、

「召捕った男の一人が、いっていたそうだ。彼の手足となって悪事を働く者は、十人や二十人ではない。その仲間にどんな男がいるのかは紋之助一人が知っていて、仲間同士

は、その都度《つど》、紋之助によってひき合され、一味として仕事をするらしいんだ」

今度の場合も、伊勢屋を襲った者と、佐野徳へ押入った者、田丸屋へ盗みに行った者のどれもが紋之助の命令によって動いているのに、おたがいはまるっきり知らなかったという始末である。

「うまく、海へ流れて土左衛門になって居ればよろしゅうございますが、もしも、生きていると、又、どういうことをしでかさないとも限りません」

小石川の大川家には、勿論、その後、紋之助は姿をみせていない。

「どうも、いやな相手という気がします」

畝源三郎が首をひねり、東吾が大川を眺めた。

あとあじの悪い事件を象徴するかのように、今日の大川は雨であった。

しとしとと、この季節特有の長雨が、やがて江戸に深い秋を持ってくる。

るいがそっと部屋のすみの乱れ箱から半纏を取って、東吾の肩に着せかけた。

# 冬《ふゆ》の月《つき》

一

午後になって雨が上ったせいか、道のあちこちに竹箒《たかぼうき》を持つ人の姿が目立っていた。この季節、欅《けやき》の落葉は殊の外、激しい。落葉樹を庭に持っている家では、塀外や他人の店先にまで散り積る枯れっ葉に、始終、気を遣っていた。

神林東吾が歩いて行く道の先のほうでは、落葉の山に火をつけて、薄い煙がまっすぐ空へ立ち上って行くのを、やはり竹箒を手にした二、三人が少し疲れた顔で見守っている。

大川端の「かわせみ」の前まで来ると、そこはすでに掃除が終っていて、そのあとから散って来た銀杏が二つ、三つ、そして店の横に珍しく荷車がおいてあった。

格子に障子紙の張ってある入口の戸を開けると、帳場の奥の部屋にるいの姿がみえ、その前に二人ばかり客がいた。

一人はもう五十をいくつか越えているのだろうが、みるからに品のいい女で、髪を商家風に小ざっぱりと結い上げ、鉄無地の着物を裾《すそ》短かに着て黒っぽい帯を締めている。膝の横にはきちんとたたんだ道中着がおいてあった。

その、すぐ背後に窮屈そうにかしこまっている男の顔に、東吾は思わず声をかけた。

「幸吉じゃないか。いつ出て来た」

男がそれでふりむき、板の間へとび下りるようにしてお辞儀をした。

「かわせみ」の女中頭をしているお吉の弟で、結城《ゆうき》の在へ養子に行ったのが、年の暮が近づくと、必ず餅やら地酒やらを背負って江戸へ出て、「かわせみ」に挨拶に来るので、東吾もよく知っている。

るいが、奥の部屋からさりげなく立って来た。

「こちらは結城の織物問屋のお内儀さんで、暫く、うちがお宿をすることになりましたんですよ」

神妙に手をついている女客をひき合せ、お吉にいった。

「長旅でさぞお疲れでしょう。お部屋へ御案内しておくれ。幸吉さんも今夜はゆっくり休んで頂くように……」

るいの部屋は、いつ東吾が来てもいいように、炬燵《こたつ》に火が入り、長火鉢には鉄瓶が湯気を上げている。

「今のお客様、幸吉さんがつれて来たんですけどね」

煎茶《せんちゃ》の香をさせながら、るいが低声《こごえ》で話し出した。

「ちょっと、こみ入ったわけがあるんです」

「まさか、亭主に女が出来て、女房が家出をしたってんじゃないだろうな」

「家出じゃありませんけど、家を出ていらしたんです」

「なんだと……」

「江戸へ出て、お一人で暮しを立てて行くって息子さんにことわりをいって出ておいでなんですから、家出ってことにはなりませんでしょう」

煎茶の入った夫婦茶碗の一つを、東吾の手許へさし出した。

「御亭主は、だいぶ前になくなって、お独りなんですよ」

「それにしたって、息子のいる後家さんが、どうして江戸で一人暮しをしなけりゃならないんだ」

障子の外が夕暮れて来て、ぽつぽつ行燈《あんどん》に灯を入れる刻限なのに、るいは東吾に寄り添ってすわったままだし、東吾のほうも両手に茶碗を持った恰好で、るいの横顔を間近に眺めて、いささかやに下っている。

「息子さんが今年の春に、お嫁さんをもらったんですって」

「嫁と姑《しゅうとめ》とうまく行かねえのか」

「はっきりはおっしゃいませんけれど、結局、気づまりなんじゃありませんか」

廊下に足音がして、お吉が行燈を運んで来た。

「すみません、お嬢さん、厄介なことを幸吉が持って来まして……」

器用に片手に徳利をのせたお盆を持っている。

「結城の織物問屋のお内儀が、江戸でどうやって暮して行こうってんだ」

湯呑茶碗をるいへ渡して、東吾はお吉に水をむけた。

「結城紬《つむぎ》を織るのが、大層、お上手なんだそうですよ。弟が荷車に、いざり機《ばた》っていうんですか、積んで来たんです」

荷物の大半が糸車やら糸やら繭やらだという。

「機織りをして稼ごうってのか」

「結城紬は、いいお金になるそうですよ」

結城でも指折りの織り手なのだと幸吉が話したらしい。

「一日中、お嫁さんに気を遣いながら、小さくなって暮すより、せめて余生はのびのびと好きな機織りで生きて行きたいっておっしゃってるんです」

「よっぽど、嫁さんがきついのか」

「大地主さんの娘で、親父さんは名主をつとめたこともあるそうですから、けっこう、いばっているんじゃありませんか」

この秋のはじめに、お吉が弟の養母の法事で結城まで行った時に、近所の噂を小耳にはさんだのだが、

「あれじゃ、あんまりお姑さんがお気の毒だって評判でしたから……」

「息子が、だらしがないじゃないか。いくらいい家からもらった嫁さんだからって、母親をないがしろにしていいってものでもあるまい」

お吉がここぞと膝を進めた。

「それが若先生、実の子じゃありませんから……」

「生《な》さぬ仲か」

「おふきさんってのは、先代の結城屋多左衛門さんの後添えなんです。それも、いってみれば、お妾さんみたいなもので……」

もともと、結城屋にいた織り子の一人だったのが、女房に死なれて、まだ幼い一人息子を抱えていた多左衛門の身の廻りの世話をする中に、主人の手がついた女なのだと、流石《さすが》にお吉は言葉をえらびながら説明した。

「でも、新右衛門さんを一人前に育て上げ、お店を今日まで守り抜いたのは、おふきさんの力なんですから、土地の人は、ちゃんと結城屋のお内儀さんって呼んでいたんです」

織り子たちの面倒見はいいし、又、気丈なところもあって、先代が歿《なくな》ったあとも、若い新右衛門を助けて商売を続けて来た。

「苦労知らずで育って来たお嫁さんにしてみたら、しっかり者のお姑さんはなにかにつけて、気ぶっせいかも知れませんよ」

お吉のお喋りの中にお燗《かん》がついて、

「あら、いけない、お肴がなにも来ていませんでした」

あたふたとお吉は台所へ戻って行った。

「で、どうするんだ。まさか、宿屋で機織りってわけにも行くまい」

盃を口にして東吾が訊くと、

「ええ、まあ、それはその中に……」

世話好きのるいのことで、なにか考えがあるらしい。

庭の東のほうで、けたたましい叫び声と、火のついたような子供の泣き声が聞えて来たのは、その時で、るいが腰を浮かすより早く、東吾は庭下駄を履《は》いてとび出していた。

大川にむかっている、「かわせみ」の庭を川下のほうへ行くと塀にくぐり戸がついていて、そこから表の道へ出ることが出来る。

東吾が外へ出てみると、やはり帳場からとんで出たらしい老番頭の嘉助がひいひい泣いている子供の頭を手拭で巻いてやっている。

その手拭がみる間にまっ赤に染って行く。まわりには三人ばかり子供がいるのだが、これは青ざめて口もきけない。

「かわせみ」の店からは若い衆や女中が走って来て、嘉助の指図で怪我をしている子を店へ運び、一人は医者を呼びに行った。

「どうしたんだ」

東吾が子供の一人に訊ねてみると、

「なぐられた」

とひきつった声でいう。

「誰に……」

黙って、その子が道のむこうをみる。かなり暗くなっている道の遥か彼方を老人が杖をふりまわしながら遠ざかって行くところであった。杖の先が時折、乱暴に塀やら垣根やらに当っている。

「新川の常陸屋の御隠居さんですよ」

いつの間にか傍へ来ていたお吉が、いった。

「又、癇癪《かんしゃく》をおこしたんですかねえ」

「かわせみ」の店先は、暫くの間、てんやわんやになった。

芳松という子供は、額の、髪の生えぎわがなぐられた際に、二、三分ばかり切れていた。

出血がひどかったのは、場所が場所だったせいで、その割には傷は小さいものだったが、知らせでかけつけて来た母親は目を釣り上げた。

なぐった相手が、常陸屋という酒問屋の隠居で徳兵衛と知ったからである。

「俺たちが焚火《たきび》のところで遊んでいたら、いきなり、芳っちゃんをなぐりつけたんだ」

と子供達はいい、

「大の男が、こんな年端《としは》も行かぬ者をなぐるなんて……」

正気の沙汰ではないと母親がいきり立ち、それでも医者の手当で出血のとまった我が子を抱えるようにして、家へ帰って行った。

「まあ、常陸屋の御隠居も、大人げないが、芳松ってのは、この辺でも有名な悪餓鬼《わるがき》なんで……」

一段落した「かわせみ」の帳場で、嘉助が苦笑した。

「どんな子供でも、ある時期には悪さをするのが当り前でございますが、あの子のは、少々、度が過ぎていまして」

他人の塀へよじのぼって柿の実を叩き落すくらいならまだしも、かわいがっている飼猫を川へ放り込む、弱い子供をおどかしてこづかいを取り上げる、かっぱらいの真似をする。

「子供のことですから、表沙汰にはしませんが、腹を立てている者も少くはありません」

「常陸屋の隠居が、みかねてぶんなぐったというわけか」

「なにか事情があったとは思いますが、あちらさんのほうも評判がよくございません」

その噂は、東吾も知っていた。

「痼癪持ちで有名なんだろう」

「痼癪といいますか、いやがらせといいますか、このところ、だいぶ、激しいようで」

つまらないことで赤の他人をどなりつけ、近所の家で、植木の鉢などを陽にあてるために往来へ出しておくと、通行の邪魔だといって、ひっくり返したり、鉢を叩きこわしたりするという。

「女の血の道ってのはきくが、老人に血の道があるのかね」

東吾は冗談として笑ったが、翌朝、るいの部屋でのんびりと朝飯の膳にむかっていると、これから町廻りだという畝源三郎がやって来た。

芳松の母親が町役人《ちようやくにん》まで、昨日のさわぎを訴えて来たというのである。

「子供の怪我はたいしたことではありませんが、放ったらかしにも出来ませんので……」

怪我の手当をした場所が「かわせみ」というので、その時の様子を訊きがてら立ち寄ったといった。

「常陸屋の隠居は、なんといっているんだ」

いささか寝不足の顔が、鹿爪らしい友人の手前、照れくさくて、東吾は障子に当っている冬の陽に目を細くした。

「子供達が焚火にいたずらをしているので叱ったところ、悪態をついたあげく、小石などを投げたので、こらしめのために杖を突き出したら、芳松が自分から杖にぶつかって来たというのです」

その時の老人の剣幕を思い出したらしく、源三郎は人のいい顔で笑った。

「大体、子供の火いたずらは火事の元になりやすい。親が物心つく頃からきびしく躾《しつけ》ねばならないのに、それすら出来て居らん。親の顔がみたいものだと、大層な腹立ちでして」

「それはそうだな。俺も、むかしは随分、悪いことをしたものだが、弱い者いじめと火遊びだけはやらなかった」

「芳松の家は、父親が大工の棟梁《とうりよう》でして、金廻りもいいが、遊びのほうも派手らしく夫婦喧嘩が絶えないそうですよ」

家の中が荒れていると、子供もまともには育たない。

「ただ、子供の悪さは子供だからで済みますが、年寄りの場合はそうも行きません」

「常陸屋の隠居は評判が悪いようだな」

「始終、悴夫婦があっちこっちへ頭を下げて歩いているようで、今度もおそらく常陸屋から見舞が出て、一件落着でしょう」

年の暮は誰しも苛々《いらいら》していますので、と源三郎は形ばかり宿帳改めをして、町廻りに出て行った。

二

三、四日、東吾は八丁堀の兄の屋敷にいて、神妙に暮の片付などを手伝っていた。

といっても、せいぜい、裏庭に穴を掘って一年の反古《ほご》を焼くぐらいのことである。

子供の時も、よく火の番をさせられたものだと思う。

三百坪も敷地のある与力の家のことで、少しぐらい火を燃やしても火の粉が隣近所へ舞って行くことはまずないのだが、亡父は決して火の傍を無人にしなかった。暮は誰もがそれなりにいそがしいので、火の番は大方、東吾の役目になった。

深く掘った穴の中でゆっくり燃えている炎を眺めていると、子供の火悪戯を叱って、ぶんなぐった老人のことが思い出される。あの一件はその後、どうなったかと考えていると、

「東吾様、かわせみからおるいさんが暮の挨拶に来て下さいましたよ」

兄嫁の香苗が呼びに来て、東吾はもう消えかけている穴の中へざっと土をかけておいて、庭づたいに内玄関へ行った。

るいは霰小紋《あられこもん》の紋付に繻子《しゅす》の帯で、小腰をかがめて挨拶をしている後姿が、見馴れている東吾の眼にも、どきりとするくらい色っぽい。

大きな白木の台に、今朝、魚河岸から仕入れて来たばかりの見事な鯛に、蛤《はまぐり》や鮑《あわび》を添えたのが歳暮の品で、嘉助と板前がついて来ているのは、これから台所を借りて、鯛を下《おろ》して帰ろうということらしい。

で、嘉助と板前が残り、一人で帰りかけるるいを、

「東吾様、ちょっと、そこまでお送りして下さい」

兄嫁が気をきかせて声をかけてくれた。

おおっぴらに肩を並べて八丁堀の組屋敷を出て、まっすぐに行くと新川である。

酒問屋が軒を並べ、その一軒が常陸屋であった。

「あれから、常陸屋の御隠居さんが、うちへどなり込んでみえたんですよ」

なんとなくはにかんで、東吾の一足あとを歩いていたるいがそっといった。

「芳松ちゃんのことで、お上からお調べがあったのは、うちが畝様にいいつけたと勘違いをなさったらしいんですけどね」

たまたま、その時、「かわせみ」は畳替えの真最中で二階へ上っている者、庭へ畳を運び出している者と奉公人が総出で立ち働いていたから、帳場へ入って来た常陸屋徳兵衛に、誰も気づかなかったらしい。

「多分、何度か声をかけられたんでしょうけれど、みんな、わあわあさわいでいて……」

そこで、徳兵衛は裏へ廻って、くぐりを入った。

「裏に使っていない離れがあるのを御存じでしょう」

るいが「かわせみ」の場所を買って、宿屋に建て直す以前からあった茶室で、とりこわすのは惜しいし、といって使い道もなく、そのままにしてあったものを、

「お吉がすっかり片づけて、おふきさんの仕事部屋にしたんです」

結城から運んで来た、いざり機をおき、糸くりや、糸をつむぐ桶《おけ》などが片づいて、女一人が好きなように仕事が出来るようにした。

「その時も、おふきさんはそこで糸をつむいでいたそうなんですけれど、てっきり、かわせみの者だと思った徳兵衛さんが、がんがん苦情をいったあげく、腹立ちまぎれにお

ふきさんの手許にあった繭の桶をそこらにぶちまけてお帰りになったんですって……」

「かわせみ」の奉公人たちがそのことに気がついたのは、徳兵衛がどなり散らして帰ってしまってからで、

「本当に、おふきさんにはお気の毒なことをしてしまいました」

「そりゃあ、災難だったなあ」

田舎から出て来たばかりの女が、わけもわからず老人に叱責《しっせき》されて、さぞ口惜しい思いをしただろうと東吾は思ったのだが、

「おふきさんとおっしゃるお方は、大層、よく出来たお人で、間違いはどなたにもあることと笑って、せっせと散らばった繭を拾っていらっしゃるんです。結城ではよくよく御苦労をなさったのだろうって、お吉も嘉助も感心していましたの」

そう話しているるいが一番、心を打たれたようである。

八丁堀から、さして遠くもない大川端町のところで道をまがると、もう、「かわせみ」の裏口がみえる。二人がはっとしたのは、その裏口に老人が立っていたことで、その前にたたずんでいるのは、どうやらおふき、老人は常陸屋徳兵衛とみえた。

徳兵衛は、こちらの足音でふりむいたが、ひどく狼狽《ろうばい》した様子でそそくさと反対の方角へ歩いて行く。それを見送っているおふきの傍へ、るいが走り寄って行った。

「又、なにか、あちらが……」

苦情をいって来たのかと思ったのだが、おふきの表情は晴れやかであった。

「いいえ、あやまりにおみえになったんですよ」

この前、どなり込んだのは自分の早合点であった、許してくれとわざわざ詫《わ》びに来たのだといわれて、るいと東吾は顔を見合せた。

「で、なんといわれたんですか」

「私、あの時、びっくりしてしまって、なにも耳に入りませんでしたの。ですから、どうぞお気遣いなくと申し上げました」

僅かのいやみもなく、素朴な口調でいい、離れの仕事場へ戻って行く女の姿がいきいきしている。

「なんだか、あの婆さん、威勢がよくなったみたいだな」

るいの部屋へ上ってから、東吾がいった。最初、帳場の奥の部屋でみかけた時は、品のよさはあっても、どこか暗く、痛々しくさえみえたものだ。

「うちでも、みんながいいますの。おふきさんが明るくおなりになったって……」

長年暮した家を出て、見ず知らずの土地で、他人の中での生活であった。それで、みちがえるほど明るくなったというのが、どうも東吾には合点が行かない。

その日はそれっきりであった。

翌日から東吾は狸穴《まみあな》の方月館へ出稽古に行った。

暮のことで、五日ばかりで稽古を切りあげ、八丁堀へ戻る際に、方月館で下働きをしている善助というのが、手作りの千両の鉢植えを一つ持って行ってくれという。正月の縁起物である。

折角の好意なので、ぶら下げて帰って来たものの、八丁堀の兄の屋敷には、見事な千両の鉢がある。

「かわせみ」へやってくると、そこにも商売柄、すでに鉢植えも、床飾りにも、赤い千両の実があった。

なんとなく行き所を失った千両の鉢を抱えて縁側に立っていると、庭のむこうから機織りの音が聞えてくる。

それで思い立った。

結城から出て来た女は、はじめて江戸の正月を迎えることになる。

るいに、その思いつきを伝えて、千両の鉢を持たせてやると、間もなく、

「おふきさんが、東吾様にお礼をおっしゃりたいそうですよ」

るいと一緒に、おふきが居間へやって来た。

筒袖の着物にくくり袴《ばかま》のようなのをつけている。

「まあ、ここで一服してお出でなさい」

畳に頭をすりつけて何度も礼をいう相手をもて余して、東吾は「かわせみ」の亭主のような顔で座布団を勧めた。

江戸の暮しはどうか、いくらか馴れたか、と東吾が訊ねたのに、おふきは、おかげさまで、と答え、それから遠くをみるような目をしてつけ加えた。

「この年になって、お恥かしいことでございますが、わたくしは江戸へ出て参るまで、このように、のびのびと息をしたことがございませんでした」

子供の時から、本当に息をつめるようにして生きて来たのだという。つい、東吾はこの女の身の上話を訊ねる気になった。

おふきは、いくらかためらう様子であったが、るいに勧められた茶碗を両手に持ち、膝へ視線を落すようにして、低く話し出した。

「両親が早くに歿りましたもので、親類の厄介になりました。結城の百姓の家で、昼間は田畑の仕事、夜は機織りを習わせられたのでございますが……」

働くことはいやではなかったが、自分が居候だという気持はいつもつきまとっていた。

「まだ子供でございましたから、親類の子供達と時にはいさかいを致します。どんなに自分が正しいと思っていても、終りにはやはり頭を下げねばなりません。それが、いやなら最初から争いはせぬことでございます」

知らず知らずの中に、自分が小さな木の箱に閉じこもったような生き方をしているのに気がついたといった。

年頃になって早くこの家を出たいと願った。

「嫁に行けば、そこが自分の家になります」

しかし、縁談はなかった。すでに結城紬のいい織り手になっていたおふきを親類の家では手放したくなかったようである。

嫁《ゆ》きおくれになったおふきは、やがて織物問屋多左衛門の家へ出入りをするようになり、主人の手がついた。

「人の目が怖くて仕方がございませんでした」

すでに多左衛門には女房はいなかったが、それでも日蔭の身にかわりはない。そこでおふきが命ぜられたのは、先妻の忘れ形見である赤ん坊を育てることであった。

「子供は愛らしいものでございます。一緒に暮していれば、情も深くなります」

子供を育てることで、おふきは肩身のせまさを忘れようとした。やがて、多左衛門が病死して、おふきは新右衛門の養母として店を守った。

「それでも、周囲に気がねを致しました。奉公人が主人らしくふるまっていると、誰もが眺めているようで……」

今年、新右衛門は嫁を迎えた。

「何カ月か経って、ふと気がついたのでございます。ここから出て行ってもいいのではないかと……」

奉公人が暇を取るように、新右衛門夫婦に許しを得て、店を出た。

「ちょうど、幸吉さんが江戸へ行くときいていましたので、機織りの道具を運んでもらうことにしまして……」

その縁で、「かわせみ」に仮の住いをさせてもらったことを、とても喜んでいるといった。

「おかげさまで心やすらかなお正月を迎えることが出来ます」

千両の鉢をもらったことへ、もう一度、礼をのべておふきは仕事場へ帰って行った。

「あのお方の話をきくと、私なぞ、好きなように生きて来たのだという気持が致します」

しんみりとるいがいい、東吾はおふきのさきゆきを案じた。

「金はあるのか」

「何年か前から、御自分の織った紬《つむぎ》の代金を、息子さんがこづかいにするようにといってくれたとかで、少々、まとまった貯えはおありなのですよ」

「かわせみ」の帳場であずかっているのだが、春になったら、どこかにこぢんまりした住み家をみつけて、そこへ落ちつきたい意向なのだという。

「いつまでも宿屋暮しというわけにも行きませんでしょう」

「人の一生には、いろいろなことがあるものだな」

おふきという女のことを話していながら、東吾は、るいの立場を考えていた。

晴れて祝言をしたわけではないるいの立場は、いくら東吾が生涯の伴侶《はんりょ》と思っていても、周囲や世間への肩身の狭い思いがあるに違いない。

といって、兄の神林通之進に、るいと夫婦になりますとは、どうにも口に出せない東吾であった。

東吾とるいの仲を知らない兄ではなかった。

いささか年齢が離れているので、東吾にはけむったい兄ではあったが、弟思いのいい兄貴でもある。大方の望みはかなえてくれる筈の兄が、どうしても、るいを妻にといえないでいるのは、それだけの理由があるからであった。

そもそも、東吾を養子にと熱望しているのは、兄嫁の香苗の実家である、本所の麻生源右衛門であった。ここには、香苗の妹に当る七重が、いずれ聟《むこ》をとって家を継がねばならぬことになっている。

その麻生家に、兄の通之進は、

「まことに申しわけありませんが、弟はいずれ、手前の家を継がせねばなりませんので」

とことわりをいっていた。理由は兄夫婦に子がないためである。

それでも、麻生源右衛門はあきらめずに、やがて、神林家に子が生まれることを期待して、未だに、七重に聟をとらない。一つには、七重が東吾を好いているのを知っている親心からでもあった。

兄が東吾に、るいと夫婦になれといえないのは、そうした入り組んだわけがあるからで、兄の苦衷《くちゆう》を知っている東吾にしてみれば、それでもとごり押しは出来かねた。

だが、正月が来るたびに、るいは年齢《とし》をとる。七重にしても、同じことであった。

心の中に重い屈託を持ちながら、東吾は正月を迎えた。

三

今年も、兄は東吾を伴って、上役へ年賀に廻る。

それが一段落した頃に、畝源三郎が年始にやって来た。例年のことで、書院で挨拶をすませたあとは、東吾の部屋へやって来て、兄嫁の心づくしの手料理で酒を飲む。

「ちょっと面白い話があるのですよ」

このところ、東吾が「かわせみ」へ行かれないでいるのを知っていて、

「まだお耳に入っていないと思いますが、例の常陸屋の徳兵衛ですが、よく、かわせみへ出入りをしているようです」

「まだ、芳松のことを根に持っているのか」

「いや、その件は誤解だったと、嘉助にもあやまりをいったそうですが……」

おふきの仕事場をのぞきに来ているのだと源三郎は笑った。

「結城紬を織るのが珍しいといって、みに来るのだそうですが、菓子だの、団子だのの手土産を持って、おふきさんとお茶を飲んで行くのが、たのしみのようですな」

「いい年をして、色気を出しやがったのか」

「そういっては、下衆《げす》の勘ぐりになります。どちらにも、いい話相手が出来たということではありませんか」

還暦をすぎた老人と、初老の女であった。

「おふきさんというのは、なかなか、聞き上手で、徳兵衛の話を、熱心にきいてやっているとかで、そのせいかどうか、徳兵衛は杖をふり廻さなくなっています」

往来の邪魔だといって、近所の鉢植えを叩いたり、子供をどなりつける癖がなくなっている。

「結局、寂しかったってことか」

老人の気持を推測するには若すぎる東吾が苦笑した。

「考えてみますと、常陸屋では、昨年、徳兵衛が患ったのをきっかけに、商売のほうをすっかり息子にまかせたそうです」

女房に先立たれた老人が、店を息子にまかせて隠居の身となった。

「安心もしたでしょうが、やはり、物足りない気持になったのかも知れません」

若い時から商売一筋の男だったから、これといって趣味もなく、遊び仲間もいない。

「なんとなく、わかるような気がしますね」

「源さんも、今年は女房をもらうんだな」

友人の盃へ酌をしてやりながら、東吾がまじめにいった。

「丈夫で長持ちしそうな女房がいいぞ。年をとって徳兵衛のようになっちまったら、俺が手を焼く」

「東吾さんこそ、おるいさんを大事にしないといけません。年をとって、男があとに残るのは、どうも、みじめなようです」
「るいの奴、俺より年が上なんだよな」
酔った顔で、東吾はのろけをいい出した。
「だけども、誰がみたって、俺より下にしかみえねえだろう。なにしろ、十七、八から
まるっきり年をとらねえみてえだからさ」
源三郎は黙って、手酌で飲み出した。
奥の部屋からは、客が謡う「鶴亀」が聞えている。
初春早々の事件は、東吾が狸穴の方月館へ年始に出かけた留守に起った。
松の内の午下りで、「かわせみ」は比較的、暇な時刻、るいは部屋にいて、お吉と仕
立物をしていた。
七草の日に奉公人に新しい着物を一枚ずつ年玉がわりに渡すのが、「かわせみ」のし
きたりで、それは必ず、るいとお吉が針を持って仕立て上げる。
庭からおふきがやって来て、常陸屋の隠居が年始の帰りに寄ったのだが、少し酔って
いて具合が悪そうなので、なにか薬のようなものはないだろうかと遠慮がちに訊いた。
で、お吉を先へ様子をみにやって、るいは時折、東吾の宿酔《ふつかよい》のために用意してある酔
いざましの薬を持って、離れへ行ってみた。
きれいに片づいている仕事場の縁側に、徳兵衛は少し青い顔で腰かけていた。
るいをみると丁寧に挨拶をして、お吉の汲《く》んで来た水で、薬を飲んだ。

日本橋の知り合いに祝い事があって招かれたのだが、たいして飲んだわけでもないのに帰り道で具合が悪くなり、やっとの思いでここまで歩いて来たという。

そんなにしてまで、おふきのところへ寄ったのは、先方で出された見事な折詰を、おふきに食べさせたかったらしく、

「いつも、おふきさんに愚痴をきいて頂いているので……」

老人は少々、きまり悪そうであった。

離れは陽がよく当ってあたたかく、川からの空気もさわやかで、少し、休めば酔いもさめ、気分も治ると思い、るいはお吉に置き炬燵を運ばせ、おふきは煎茶を入れていた。

「おふきさんの仕事の邪魔をするようだが、ここへ来ると、気分が落ちついて……どうも、息子に身代をゆずってからは、常陸屋に自分の居所がなくなってしまったのですよ」

穏やかな声で徳兵衛が話しているのを聞きながら、るいはなにか茶菓子をと思い、居間へひき返した。

芳松が「かわせみ」の裏木戸を入って来たのは、その時で、あとから彼が畝源三郎に申し立てたのによると、この日、芳松は豊海橋のところで、歩いて行く徳兵衛をみかけ、なんとなく後からついて来たものであった。

芳松は懐に小刀《こがたな》を持っていた。

この日の、彼の気持は最悪であった。

暮から母親は、酒びたりの父親の女道楽に愛想をつかして家をとび出して居り、父親は元日から飲んだくれて、芳松に当り散らしていた。

子供にとって楽しい筈の正月を、芳松は餅も食べず、年玉ももらえないで、父親からぶんなぐられてばかりいた。

平素の弱い者いじめがたたって、近所の子供も寄りついてくれない。

家をとび出した芳松は、子供ながら苛々していた。切り出しの小刀を持ち出したのも、その苛々の捌《は》けぐちを求める気持だったのかも知れない。

常陸屋の隠居をみて、芳松は無性に腹が立って来た。暮になぐられて、額に傷をこしらえたのを思い出したからである。

あの時も、母親はかばってくれたが、近所の人々は、火いたずらをしたのも悪いし、それを叱った徳兵衛に石をぶっつけたのは、芳松がいけないと、彼に冷淡であった。役人からも、火を弄《もてあそ》んで、もし火事にでもなったら、自分が火あぶりの刑になるぞと脅された。

そのむしゃくしゃが、徳兵衛をみたとたんに芳松をかっとさせた。

徳兵衛を追って、「かわせみ」の裏木戸を入って行くと、庭の離れから徳兵衛の話し声が聞える。

そっと近づいたつもりだったが、顔を出すと、庭をむいて炬燵にあたっていた徳兵衛にみつかった。

「小僧、いったい、どこから入って来た」

徳兵衛が立ち上って、縁側へ出て来たのをみて、芳松は小刀を握りしめ、体を丸くして彼にとびついた。

「なにをする……」

老人は気丈に芳松を突きとばしたが、脇腹からは血がふき出していた。

おふきが大声で呼び、るいと嘉助がかけつけて来た。

芳松は嘉助が押えつけ、血だらけの小刀をもぎとった。

徳兵衛の傷は深くはなかったのだが、出血がひどくて、一時は危篤かといわれたが、幸い、もち直した。

「かわせみ」からはるいが、おふきと一緒に見舞にいったが、るいに対しては、

「父がとんだ御迷惑をかけまして……」

と挨拶した常陸屋の主人は、おふきにひどくそっけなかった。

その理由は、やがてお吉が近所で聞いて、るいにいいつけた。

「常陸屋さんじゃあ、徳兵衛さんが、おふきさんに気があって通って来ていた、どうも、おかしな仲らしいと思っているんですよ」

そんな噂をふりまいたのは、芳松の父親らしく、

「世間も馬鹿ったらありゃあしません。あんな酒飲みのいうことをまに受けて……」

常陸屋の隠居は女が出来て、それを「かわせみ」に住まわせて通っていた。事件があ

った時も、女のところに泊り込んでいたらしいと、話に尾ひれがついて広がっている、とお吉はひどく腹を立てている。

「そんな仲じゃないことは、あたしたちが知っています。常陸屋さんは泊ったこともなけりゃ、お出でになったって、開けっぱなしの仕事場でお茶を飲んだり、話をなすっているのが、こっちから丸みえだったんですから」

それなのに、常陸屋では、父親の不行跡が世間に知れたのを恥と思い、療養中の隠居を見舞客にも会わせないようにしているらしい。

「いいじゃありませんか。御隠居さんが茶飲み友達をみつけたからって、世間へ恥かしいの、暖簾《のれん》へ傷がつくのって、息子さん夫婦のほうがおかしいのと違いますか」

お吉のいうのはもっともと思いながら、るいは、それが世間だと考えていた。

六十すぎの老人が、一人暮しの初老の女のところへ遊びに行くというだけで、なにか、いやらしいことのように眉をひそめる。

そういう人々は、老いるだけで、世の中になんのあてもなくなった者の孤独な気持など、まるでわかろうとも思わないし、わかったところで、どうしてやりようもないでいる。

「おふきさんに、そんな噂の届かないように気をつけましょうよ」

滅多に外へ出ることのないおふきだが、勘のいい女だけに、この前、見舞に行った時の常陸屋の様子で、或る程度は察しているかも知れない。

が、彼女はなにもいわず、仕事場からは一日中、機織りの音が聞えていた。

正月の十五日に、「かわせみ」に客が着いた。

手代一人を供につれた、みるからに若旦那風の男で、

「手前は下総《しもうさ》の結城から出て参りました新右衛門と申します。母が、こちらさまの御厄介になっているそうでございますが……」

帳場にいた嘉助が、るいに取り次ぎ、おふきが仕事場からやって来た。

その場の様子は、なんとも奇妙なものであった。

供をして来た手代が、

「おかみさん」

といったきり、涙ぐんでうつむいてしまったのに、新右衛門は格別、なつかしそうな顔もせず、

「話があって出て来ました。今夜はここへ泊りますから……」

やや、切り口上でいう。

嘉助が気をきかして、すすぎの水を汲み、草鞋《わらじ》をといた新右衛門を二階の部屋に案内した。

おふきも息子にうながされてついて行ったのだが、あとからお茶を運んで行ったお吉が帳場へ来て、

「なんですか、おふきさん、泣いていましたよ。国へ帰れっていわれてるみたいなんで

す」

心配そうに告げた。

るいにしても気がかりだったが、まさか、呼ばれもしないのに、他人の部屋へ入って行くことも出来ない。

それから一刻余り、陽が落ちて、

「知らん顔で御膳を運んで行ってみましょうか」

お吉がいっているところへ、おふきがそっと下りて来た。

「申しわけございませんが、新右衛門が御挨拶を申したいといいますので……」

息子は、四角ばって帳場へやって来た。

「お世話になりましたが、明朝、母を連れて結城へ戻りたいと存じますので……」

流石に、るいは顔色を変えた。

そこにすわっているおふきの様子が決して喜んでいるようにはみえなかったからである。

「失礼でございますが、こちら様は、江戸でお暮しをたてたいとおっしゃってでございましたが……」

「そういうわけに参らぬのでございます」

新右衛門は少し赤くなって抗弁をした。

「母に勝手をされますと、手前共が母を追い出したように世間に受けとられます。親類も、それでは世間体が悪いと強く申しますので、やはり、母には結城で暮してもらわねばなりません」

るいは黙っていられなくなった。

「お母様は結城へお戻りになるのをおのぞみなのでしょうか、おふき様のお気持は……」

長年、木の箱の中で息をつめるようにして生きて来たといったおふきの言葉が、るいの耳にある。

おふきが膝の上で、小さくたたんでいた前掛を握りしめるようにした。

「私が結城を出ましたことが、息子たちの迷惑になって居りますそうで……」

「迷惑なのですよ」

押しつけるように、新右衛門が続けた。

「この正月、わたしもおりつも、母が家を出たことで、どのくらい世間からいやなことをいわれたか、義理のある人を追い出したの、嫁が姑をいびり出したのと……」

その通りではなかったのかといいたいところを、るいは辛うじて我慢した。うつむいているおふきの肩が小刻みに慄《ふる》えている。

「でしたら、何故、お母様が家をお出になる時、おとめにならなかったのですか。お母様は、あなたの許しを得て、家を出たとおっしゃいましたよ」

「こんなに非難をされるとは思ってもみなかったのです」

新右衛門は当惑をあからさまにした。

「ですが、今となっては、母をつれて帰るより仕方がありませんので……」

おふきが畳に手を突いた。

「お世話をおかけいたしますが、新右衛門は疲れて居ります。どうぞ、御膳をよろしくお願い申します」

息子は二階へ上り、母親は離れへ戻った。

みに行ったお吉が、

「荷物をまとめておいでなんですよ」

と知らせて来た。

出すぎているのは承知していたが、性分でるいはもう一度、離れへ行ってみた。

おふきは瞼《まぶた》を赤くしていた。

「もしも、結城へお戻りになるのが、おつらいようでしたら、私から新右衛門さんに申し上げましょう。なんなら、口をきいて下さるお方もありますし……」

おふきがそっとかぶりを振った。

「これ以上、御当家へ御迷惑をおかけしたくございません。狭い土地のことでございます。悴が私を迎えに来たことは、知れ渡って居りましょう。私が戻らねば、悴は立場がございません」

束の間でも、手足をのばして、新しい空を見上げることが出来たと、おふきはいった。

「一生、忘れはいたしません」

織り上った結城紬を、るいの前へおいた。

「不出来ではございますが、せめて、お礼のしるしに……」

るいが、どうことわっても聞き入れない。

おふきの荷作りは、るいとお吉と嘉助が手伝うことになった。

夜になって、東吾がやって来た。

「明日から狸穴の稽古だからな」

恋人の胸の中で、るいはおふきのことを訴えた。

「そういってはなんですけれども、息子さんがおふきさんを迎えに来たのは情愛からじゃありません。ただ、世間体がみっともないからって……」

結城へ戻ったあとのおふきの生活は眼にみえていた。

いい家から嫁に来た女に気を遣い、身をちぢめるようにして、機を織って暮す。

「同じ働いて暮すのなら、せめて、お好きなようにさせてあげるのが、親孝行というものでしょう」

東吾が、るいの肩を抱きしめた。

「その通りだが、おふきさんは帰るといっているのだろう」

「本心からじゃありません。仕方なくなんですよ」

「だからといって、赤の他人がどうしようもないじゃないか。義理でも息子が迎えに来たんだ」

「世間、世間って、どなたも世間ばっかり気にするんですね。世間のために生きているわけじゃないのに……」

気が昂《たか》ぶって泣き出したるいを、東吾はいつまでも抱きしめて、ささやいた。

「るい、人は人なんだ。自分のことは自分で決めるしかない」

雨戸を風が叩いて去った。

翌朝、おふきは「かわせみ」を悴と共に発って行った。

「常陸屋さんへ、お見舞のお手紙を書いて参ろうかと存じましたが、いらぬことをして、御迷惑になってもと思います。何卒《なにとぞ》、よろしくお伝え下さいまし」

低声で挨拶されて、るいは改めて胸を突かれた。

常陸屋徳兵衛が回復して、「かわせみ」に訪ねて来ても、もう、おふきは居ない。

「御機嫌よろしゅう。せめて、お体をお大事になさって下さいまし」

外まで見送ったるいの目に、ふりかえりながら歩いて行くおふきの姿が、急にぼやけてみえなくなった。

「泣くな、るい……」

東吾の手が肩にかかり、るいは袂《たもと》を顔にあててむせび出した。

「おるいさんにはいえませんが、おふきさんのためにはよかったのかも知れません。常陸屋の徳兵衛のこともありますし……」

狸穴の方月館へ向うついでに、八丁堀の役宅へ寄って、畝源三郎に話をすると、彼も首をふりながら、そういった。

「世間というのは、厄介なものです」

芳松は年少ということで罪にはならず、小田原のほうへ奉公へ出されたという。

「まっとうに育てばいいのですが……」

母親は帰って来ないし、父親は家に寄りつかない。

「どうも困ったもので……」

それから十日目の夜、方月館の稽古を終えた東吾がまっしぐらに大川端へ帰ってくると、常陸屋徳兵衛らしい男が、しきりに杖をふりまわしながら歩いているのに出会った。

垣根の下の草花を叩き、天水桶をなぐりつけ、塀の外に枝をのばしている白梅まで、乱暴に杖で叩き折って行く。

空には、月が出ていた。初春であるのを忘れたような寒々と凍った月の色であった。

# 雪《ゆき》の朝《あさ》

## 一

一日中どんよりと曇っていた空が、暮れ方になって、いよいよ重く垂れこめ、今にも白いものが降り出しそうな大川端の、「かわせみ」の宿の入口に、若い男と女がたどりついて、まず男が先に土間へ入って来て、泊めてもらえないかと声をかけた。たまたま、るいは帳場にいて、応対に出た嘉助と客のやりとりを、そこから眺めていた。

男は沼津の百姓の悴で惣吉と名乗り、伴れは妹のお町だといった。兄妹で、江戸へ奉公に出て来たのだが、あてにして訪ねて行った先が木更津へ出かけていて留守とわかり、その人間が帰ってくるまで二、三日、宿をたのみたいという。

「金はこの通り、少々、まとまったものを持っています。勝手の知れない土地で難渋《なんじゅう》しって居りますので……」

「かわせみ」を教えてもらったのは通一丁目の一膳飯屋で遅い午飯をすませた時だといった。

「どういたしましょう、お嬢さん」

帳場へ戻って来た嘉助に訊かれて、るいは微笑した。

「梅の間があいていると思うけど……」

視線が合っただけで、嘉助とは以心伝心で、

「それではお宿を致しましょう。只今、すすぎをお持ちしますので……」

実直な老番頭の声でいい、嘉助は大きく手を鳴らして女中を呼んだ。

若い客を梅の間へ案内したのは、女中頭のお吉で、そのあとから嘉助が宿帳を持って行く。

るいは自分の部屋へ入って針箱の前にすわった。

この正月、日本橋の越後屋の初売りに出かけて買って来た東吾の小袖で、身頃の部分にだけ、薄く真綿を入れて、軽やかな綿入れに作っている。それというのも、出入りの植木屋から今年はどうも雪が多そうだときいたからで、東吾が狸穴《まみあな》の方月館の出稽古から帰ってくるまでには、なんとしても仕立上げようと、このところ、昼も夜も、せっせと針を運んでいる。

「お嬢さん」

足音をたてないで入って来たお吉が、低い声でいった。

「今のお客様、ちょいとおかしかありませんか」

るいに近づいて、行燈の灯をもう一つ明るく灯心をのばしながら告げた。

「番頭さんは、兄妹だっていってましたけど、そうじゃありませんよ」

「ええ、そうね」

針の手を止めないで、るいが苦笑した。

「あたしも、そう思ったし、多分、嘉助も兄妹だなんて思ってませんよ」

障子を開けて、番頭の嘉助が入って来た。手に宿帳と小さな包を持っている。

「ちょいと、ごらんなすって下さいまし」

宿帳を開いてみせた。

駿河国沼津、百姓惣吉、妹町と書いてある。

「百姓じゃありませんよ、あんな華奢《きゃしゃ》なお百姓があるもんですか」

お吉がいい、るいが帳面の筆蹟をのぞいた。

「帳面を書き馴れてる字じゃないかしら」

「手前もそう思います。まず、商家の手代か、若旦那かと……」

「女の人は、なにかしら」

「女中じゃありませんか。手が荒れていましたし、着ているものも木綿もので……」

「若旦那と女中なら、かけおち……」

「まあ、そんなところでございましょうな」

傍で聞いていたお吉が目を三角にした。

「冗談じゃありませんよ。お嬢さんも番頭さんも、かけおち者を泊めるなんて……」

「かけおちだから泊めたのよ、ねえ、そうでしょう番頭さん」

るいがやっと針を抜いた。糸をのばして器用に止め玉を作る。

「いけませんよ、もしも、心中でもされたひには……」

「大丈夫だよ」

お吉の狼狽《ろうばい》を、嘉助がおっとりと遮った。

「この通り、金を十両、手前にあずけました。まず、金のある中は死にますまい」

江戸で奉公先をみつけて働こうというのは本当だろうと嘉助はいった。

「お嬢さんがお考えのように、若旦那が女中といい仲になって、親御さんが反対するので、それならと帳場の金をくすねて、とび出して来たというところじゃございますまいか」

とすれば、どこへ泊めるよりも、ここへ泊めて、折をみて意見をするなり、智恵を貸してやるなりしたほうがいいと嘉助は判断している。

「それにしたって、正月早々、厄介をしょい込んじゃって……全く、うちのお嬢さんも番頭さんもお節介が過ぎるんだから……」

お吉はしきりに唇をとがらせたが、るいも嘉助も笑っていて相手にならない。

「知りませんよ。なにが起っても……若先生は狸穴なんだし……」

ぷんとむくれて、お吉は台所へ出て行った。

その夜半から、江戸は何十年ぶりかの大雪に見舞われた。

一夜中、しんしんと降り積った雪は、夜があけても止む気配もなく、嘉助が先達《せんだつ》になって、店の前の雪かきをし、庭木の雪おろしをしたのだが、到底、雪の積るのに追いつかない。「かわせみ」に泊っていた客は足止めを食い、往来の行き来も、ばったり途絶えた。

「まあ、梅の間のお客ときたら、仮にも兄妹って触れ込みで泊ったんだから、少しは遠慮ってものがあるだろうに、一日中、いちゃいちゃして、炭かご持ってったって、御膳を運んでったって、こっちが目のやり場に困っちまうんですよ。とっても、若い女中なんか、部屋へやれませんからね」

お吉が何度かいいつけに来たが、るいはやっと仕立上った綿入れにしつけ糸をかけながら際限もなく積る一方の大雪を気にしていた。

東吾の狸穴の稽古は明日で終りの筈であった。夕方にはむこうを出て、まっしぐらに大川端へやってくる。

だが、この雪の様子ではそうも行くまいと思えた。大川端ですでに一尺以上の積雪である。狸穴あたりは更に雪が深かろう。「かわせみ」の客たちのように、東吾も方月館へ足止めをされるのではないだろうか。

それに、方月館にはおとせがいた。元、日本橋薬種問屋の内儀だった女だが、事件があって一人息子の正吉をつれて離縁を取り、東吾の世話で方月館の下働きに住み込んだ。年は東吾よりも上だが、女盛りだし、大層、気のつく人柄で、おまけに正吉というのが東吾になついている。

東吾が狸穴にいる間は、おとせが甲斐甲斐しく身の廻りの世話をしているらしいし、正吉は東吾につきっきりだときいている。

るいにとって怨めしいこの大雪を、方月館ではおとせと正吉がどんなにか喜んでいるのではないかと思うと、なんとなく胸の奥がもやもやして来て、どうにも落ちつかない。

「畝様がおみえになりましたよ」

お吉に声をかけられて、るいは我に返った。

帳場へ出てみると、雨合羽に笠という恰好の畝源三郎が土間に立って嘉助と話をしている。

「まあ、この大雪に町廻りをなさいましたの」

るいの声で、源三郎が鼻の頭の赤くなった顔でふりむいた。

「どうも因果な商売で、雪だからと炬燵《こたつ》にもぐってもいられません。しかし、流石《さすが》に今日は、いつもの半分も廻れませんでした」

定廻り同心は大体、その日その日の道順がきまっていて、いわゆる町々にある番屋から番屋へと声をかけながら町を廻って行く。なにか事件があれば、番屋の戸をあけて定廻りの旦那の来るのを待っているし、何事もなければ素通りして行く。雨が降ろうと、風が吹こうと、その日課に変りはないのだが、この大雪では歩行困難でどうにもならない。

「御苦労様でございます。どうぞ、お上り遊ばして、せめてお湯であたたまっていらっしゃいまし」

るいが、女中にすすぎのお湯をいいつけようとするのを、源三郎がとめた。

「いや、今日はこのまま、帰ります。八丁堀には湯屋がありますし、御心配なく……」

変った客が一組、泊っていると嘉助から知らせがあったので、寄ってみただけだといった。

「この雪では、動けますまいから、東吾さんがお帰りになる時分に、又、うかがいます」

嘉助の報告をきいただけで、あっさり帰って行った。

東吾が「かわせみ」に泊っていない時は、よくよくのことでもないと、決して上へあがろうとはしない源三郎のけじめは知っていながら、この夜のるいはちょっともの足りなかった。

別に源三郎に気があるわけではないが、せめて居間で一休みして、

「東吾さんのことですから、明日は必ず、お帰りになりますよ」

と、そんな気休めの一つでもいってもらいたい心持である。

雪は夕方から小やみになったものの、寒気はいよいよきびしくて、一夜あけてみると、どこもここもがちがちに凍りついていた。

屋根は昨日、嘉助が若い衆と一緒にともかくも雪おろしをしておいたので助かったが、庭の木は太い枝が折れ、垣根も雪に押し倒されて、素人では手のつけようがない。

「お嬢さん、うっかり外へ出ないで下さい。道が凍っちゃって、するするすべって危くって歩けたものじゃありません」

自分も何度かころんだらしく、痛そうに腰をさすりながらお吉がいいに来て、るいはいよいよ、憂鬱になった。そんな有様では到底、東吾は狸穴から帰れまいと思う。

「とにかく、植木屋に来てもらわないことにはどうにもなりません。松も梅も、えらいことになって居りますんで……」

嘉助は嘉助で、早速、若い者を出入りの植木屋へ使にやったが、

「岩吉爺さんが、今朝、雪の上ですべってひどく腰を打っちまったとかで、とりあえず、代りに若いのを一人やりますからということなんで……」

使にやったのと一緒に来たのは、「かわせみ」には、はじめての顔であった。

「市五郎と申します」

低い声で挨拶したのも、どことなく陰気な感じだったが、総体に暗い翳《かげ》のある植木職人で、それでも嘉助がみるところ、仕事の腕は悪くない。雪の重みで折れかけている松の枝を切ったり、めくれた雪囲いを取りはずしたり、まめまめしく働いている。

改めて見廻してみると、どこの家も雪の被害は大きくて、植木が折れたり、庇《ひさし》がこわれたりは序の口で、中には屋根の一部が押し潰されたところもある。なによりも雪かきが大仕事で、「かわせみ」も女たちまで一日中、すべったりころんだりしながら立ち働いた。

東吾の声が聞えたのは夜になって間もなくであった。

袴を高くからげて、脚絆に草鞋ばきの勇ましい恰好の東吾は、るいがとんで行った時には、もうお吉の運んだ湯で足を洗っている。

「よくお帰りになれましたのね。途中、大変でしたでしょうに……」

土間へ下りて、東吾の足を拭きながら、るいはつい涙声になった。

「大変だったのは方月館の雪おろしだった。なにしろ、屋根も広いし、庭木も多いだろう」

昨日と今日と二日がかりだったと笑いながら、それでもたいして疲れた様子もなく、東吾は早速、風呂へ入りに行った。

で、雪に濡れた袴や着物の始末をるいがしたのだが、ふと気がつくと、羽織の下に綿入れの袖なしを重ねている。紺無地の結城紬《ゆうきつむぎ》で、綿がしっかり入っていて、如何にもあたたかそうであった。

「随分、いいものをお召しですね。今日みたいなお天気には、うってつけじゃございませんか」

炬燵に炭を足していたお吉がいい、烏の行水でもう風呂から上って来た東吾が、なんでもなくいった。

「そいつは、おとせが方斎先生のと一緒に作ってくれたんだ。おかげで今日は助かったよ」

そもそも、その結城紬にかかわり合いのある話なんだが、と、東吾は女達の思惑などおかまいなしに炬燵へあぐらをかいて、るいの入れた熱い番茶で一息つきながら話し出した。

狸穴の方月館から、そう遠くもない飯倉片町に、その辺ではちょっと名の通った呉服屋がある。武家屋敷を何軒も得意先に持ち、手堅い商売をしている上に、親代々の家作があって、内証はかなり裕福なのだが、唯一つの不足をいうなら、主人に女房のないことであった。

「正兵衛といってね。年は三十七、八、一度、麻布のほうの商家の娘を嫁にもらったんだが、姑との折合いが悪くて、結局、むこうが実家へ帰ってしまって別れ話になったそうだ」

大きな商家でお内儀さんがいないというのは、なにかにつけて不便だし、子供がないのも、さきゆき心配で然《しか》るべき相手をみつけて再婚したいと思っているのだが、

「どうも、これというのがなかったらしい」

一つには、正兵衛の母親が二年前に脳卒中を患って、命はとりとめたが、半身不随で

寝たきりになっている。

「嫁ともなると、下の世話もしなけりゃならねえだろうし、けっこう、口うるさい婆さんのようだから、若い女はそれをきいただけで尻ごみしちまうようだ」

「でも、若先生」

長火鉢の横でちり鍋の仕度をしていたお吉が口を出した。

「なんたってお金のある大店のお内儀さんになれるんだし、お姑さんだって、そういつまでも生きてなさるわけでもありますまい。暫くの辛抱で、あとはいい思いが出来るんですから、満更、嫁のなり手がないってこともございませんでしょう」

「そりゃあそうなんだが、財産めあての欲の皮の突っぱった女は、正兵衛のほうで嫌気がさすんだろう。とにかく、今まで話がまとまらなかったんだが、ここへ来て、急に風向きが変ってね。昨年の秋に、正兵衛がたまたま知り合った女が大層、気に入って、奉公人として家で働かせてみると、これが病人の世話から、台所仕事から、実によくやる。気むずかしい婆さんもすっかり気に入って、あれなら、息子の嫁に迎えてもいいというところまでになったんだそうだ」

「よかったじゃありませんか。めでたし、めでたしなんでしょう」

「正月早々に結納が入ったとかで、方斎先生が、祝いになにか買ってやるように、おとせにいわれたんで、おとせが考えて、その綿入れを作ってくれたってわけなんだ」

熱燗で一杯やりながら、東吾が話し、それでお吉は納得して台所へ去ったが、るいのほうはそうすんなりとは行かなかった。

「でしたら、あの袖なしは八丁堀のお屋敷にも、お召しになってお帰りになれますのね」

代稽古に行っている松浦方斎からの貰い物なら、神林通之進も、その妻の香苗もなんとも思いはしまい。

「おとせさんが羨しゅうございます」

るいが不意に涙ぐんだので、東吾は慌てた。

「なんだ。いったい」

「私がどんなに心をこめて縫ったところで、お屋敷には着て帰っては頂けませんもの」

「るいが、着て帰るなというからだろう。俺は一向にかまわない」

るいの仕立てた着物は、「かわせみ」にいる間だけ着せられて、神林の屋敷へ帰る時は必ず着がえをさせられる。

「だって、るいがよけいなことをしては、香苗様にあてつけがましくなりますもの」

義弟である東吾が身につけているものは、上から下まで、いつも小ざっぱりと注意が行き届いているのは、香苗の気くばりのせいである。るいとしては、出すぎた真似をしたくない。

「女心ってのは厄介なもんだな」

苦笑して、東吾はるいをひき寄せた。こういう場合、言葉でどういっても、るいの気持がおさまらないのを、年下の亭主はいつの間にか、ちゃんと心得ている。

二

翌朝、東吾は雪の溶けて落ちる音で目をさました。

昨夜もそうだったが、屋根や庭木の枝や、石燈籠《いしどうろう》の上にたまっていた雪が、気温がゆるむにつれてすべり落ちて来る。

着がえをして居間へ出てくると、庭先で人の話し声がしていた。

「困るじゃないか。なにが気にさわったのか知らないが、やりかけの仕事を中途で放り出されたんじゃ、どうしようもない」

抑えた調子で苦情をいっているのは、老番頭の嘉助で、

「別に、なにが気にさわったってわけじゃございません。ただ、どうにも仕事をする気がなくなっちまって、あいすみませんが、昨日一日の手間賃は頂かなくってけっこうですから……」

ぼそぼそとあやまる声が続いている。

「お目ざめでしたの」

帳場のほうの廊下に通じる襖が開いて、るいが入って来た。障子のむこうの話し声はそれでやんだが、やがて東吾が顔を洗って居間へ戻ってくると、嘉助がいささか当惑した顔付で、るいと話をしている。

「どうもいけません。ただもう、仕事をするのがいやになったと、それっきりでして……」

先刻、聞えていた話の件だと気がついて、東吾は縁側から庭のほうをみた。男が一人、肩を落してくぐり戸を出て行くところであった。痩せた肩と、年に似合わない疲れ切った様子が気にならないこともないが、人間はそう悪くもなさそうである。

間もなく、帰って行った市五郎と入れちがいに霊岸島からは、岩吉がとんで来た。

「あいすみません、とんだ御迷惑をかけまして……」

まだ痛むらしい腰を押えて、るいにあやまっている。岩吉は八丁堀の神林家の出入りの植木屋でもあるので、東吾も以前からよく知っている。

「どうも、大雪のおかげで、さんざんのようだな」

笑いながら声をかけると、この律義な老人は、ぼんのくぼに手をやって頭を下げた。

「普段でしたら、こんな不義理なことはしねえんですが、なにしろ、どちらさんのお庭も植木がひでえことになって居りますんで……」

若い者を総動員して出入り先へ送り出したが、到底、手が足りない。

「おまけに、手前がどじをして腰を痛めたりしましたもんで……」

「さっきの男は、なんなんだ。俺がみたところ、ずぼらな人間とも思えなかったんだが」

市五郎という男のことである。

「ずぼらっていうのとも、ちょいと違いますんですが、気まぐれってえのか、根性がねえのか、時々、急に勝手なことをいい出すんで、大事なお得意先には出さねえようにしていましたんですが、今度ばかりはそうもいっていられませんで……、根は実直で、仕事も出来ねえほうじゃありませんから、つい、こちらへやったのが間違いでございました」

「江戸の人間か」

「向島のほうの百姓のところに厄介になっているんですが、生まれは遠州だそうで……」

今から十年ほど前に夫婦で江戸へ出て来て、植木職人になりてえってんで、手前がずっと面倒をみて来たんですが、なかなか丁寧な仕事をするんで、きちんと働いていれば、夫婦二人の口を養うぐらいのことはこと欠きませんが、突然、ぷいっとやめちまうもんで……結局、かみさんが奉公に出る始末で……」

「なにか、わけがあるんじゃありませんか」

「何度か、意見をいい、それにも岩吉は首をひねった。るいがいい、その度に訊ねてみたんですが、なんにも申しません」

「かわせみ」の庭は、昨日一日、市五郎が応急手当をして行ったので、今日は岩吉が指図をして若い連中でなんとかするという。

「変った奴がいるもんだな」

折角、職人としていい腕を持ちながら、なにが気に入らなくて、やる気をなくすのか、東吾は興味を持ったが、

「ただの怠け者なんですよ」

庭仕事をすっぽかされたお吉は機嫌が悪く、

「なんだか、陰気で、ぞっとするような人でしたよ」

初春早々、疫病神《やくびょうがみ》が来たようで、いけすかないと、庭に塩でもまきかねない剣幕である。

お吉が苛々しているのは、もう一つ、わけがあって、例の梅の間に泊っている若い男女が気になって仕方がないらしい。

「そりゃ、雪に閉じこめられているんだから、仕方がないのかも知れませんけど、まだ若いのに、昼間っからお酒は飲む、炬燵でごろごろしてる。おまけに廊下を通るとあられもない声が聞えるじゃ、たまったものではありませんよ」

それで、東吾が笑い出した。

「どうも、お吉にあっちゃあかなわねえ。塩をまかれない中に、俺も八丁堀へ帰ったほうがよさそうだ」

「あらいやですよ、若先生、あたしはそんなつもりでいったんじゃありませんから……」

お吉はまっ赤になって逃げ出して行った。

なにも、お吉のいったことを気にしたわけではないが、八丁堀の屋敷も、この大雪で

どうなっているか心配でないこともなく、東吾はやがて、「かわせみ」を出て、高下駄の歯を雪にとられて難渋しながら屋敷へ戻った。

神林家では、表の雪かきが終って、庭には岩吉のところの植木職人が二人ばかり威勢よく働いている。流石に間が悪いから東吾もそそくさと竹箒などを持ち出して庭石や石燈籠の上を払っていると、秀吉という植木職人が汗を拭きながらとんで来た。

「若先生、そういうことは、あっしらが致しますんで……」

ふと思いついて、東吾は秀吉に訊いた。

「市五郎というのを知っているか」

「あいつが、又、なにかやらかしましたんで」

「かわせみ」の庭仕事を一日で投げ出したというと、秀吉が大きく嘆息した。

「あの癖がなけりゃ、うちの親方のいい片腕になれるんですがね」

「飽きっぽいのか」

「いえ、そういうんじゃありません」

植木職人の仕事で厄介なのは、松の手入れで、大方の木は枝をおろしてすむことが、松の木ばかりは、あの小さな細い松葉の一本一本を丹念に間引いて枝ごしらえをする。

「市五郎という奴は、そういう仕事が旨いんです」

「それじゃ、気まぐれか」

「なんていいますんですか、当人の口真似をすると、とにかく、いやになっちまうんだそうで……仕事をするのもいやなんだが、生きてるのも面倒くさくなるらしいんで……」

「死神にとっつかれるってえのか」

「自分で死ぬ勇気はねえそうで、例えば、辻斬りにでも、ばっさりやられたら、さぞかしいいだろうなんて、気味の悪いことをいいやがるんです」

「きざな野郎だな」

「最初は、どこか体の具合の悪いところでもあるのかと思ってましたが、そうでもねえんだそうで、気が滅入って仕方がねえと、よくいってます」

「女房がいるそうじゃないか」

「へえ、二、三度、みたことがありますが、なかなかいい女です。ただ、夫婦仲はどうもしっくりいってねえようで、かみさんが奉公に出てるのも、そのためのようで……」

「茶屋奉公か」

「そういうたちの女じゃありません。かたぎの店の女中でさ」

「女房に、男がいるってことは……」

「さあ、聞いたことがありませんが、もしも、そういうことなら、市五郎のほうから別れていると思いますよ。なにせ、あまり、かみさんに未練のあるほうじゃねえんで……」

「市五郎に、惚れた女は……」

「そいつはねえと思います。なにせ、ああ陰気じゃ、岡場所の女でも相手にしませんや」

夜になって、兄の通之進が奉行所から戻って来た。

「狸穴あたりは、かなりな積雪であったろう」

八丁堀までの道中はどうだったと訊かれて、東吾は、なんとなく頭へ手をやった。

この兄は、東吾が方月館の月稽古を一日早く帰って来て、その夜は「かわせみ」へ泊っているのを知っているのか、気がつかないのか、東吾にも見当がつかない。

「普段よりは歩きづらいですが、この天気で雪どけは早いようですから……」

では、明日、方月館へ行って来てくれと通之進がいった。

「山内侯のお留守居役の佐伯殿から、方斎先生へ刀の鑑定をことづかって来た。早いほうがよかろう」

「承知しました」

方月館主人、松浦方斎は直心影流の遣《つか》い手《て》だが、刀の鑑定家としても名が聞えている。

翌日、東吾は八丁堀から狸穴へ向った。

二日続きの晴天で、雪どけ道はぬかるみになっている。

方月館へ着いてみると、この前、東吾が正吉のために作ってやった雪だるまが、情ない顔付で、うずくまっている。

方斎の居間には、飯倉の岡っ引の仙五郎が来ていた。

「どうも初春早々、ろくでもねえことが持ち上りまして……」

方斎が今日も着ている、綿入れの袖なし羽織の結城紬を買った呉服屋の主人が、どうやら、女に欺されたらしいという。

「気に入った女が出来て、近く女房にするという話だったのではないか」

東吾はてっきり、その主人が別の水商売の女に手を出したものと思ったのだが、

「その、女房にしようとした女に、欺されたんでございますよ」

仙五郎は、如何にも忌々《いまいま》しいという顔をしてみせる。

「たしか、女中だったな」

奉公人として、店へ来て、病人の老母にも気に入られ、この女ならと主人も惚れて女房にしようとした。

「へえ、当人も有難いことだと喜んでいたそうですが、その中に、やっぱり、嫁入りは出来ないといい出したそうで……」

主人がわけを訊ねると、自分は生まれて間もなく里子に出され、養い親に育てられたのだが、その親がどうもまともな稼業ではなく、これまでも自分が奉公先でもらう給金を残らず渡しているのに、稼ぎが少いといって茶屋奉公をしろの、妾奉公のいい口があるのといってくる有様である。そんな親のことだから、裕福な商家の内儀になるときたら、始終、金をせびりに来るか、難題を吹きかけるか、いずれにしても、とんだ迷惑になるのはわかっているから、到底、嫁にはなれないと泣き泣き訴えられて、主人は一層、その女が不愍《ふびん》になった。

「で、まとまった金を出すから、それで、先方に親子の縁を切ってもらうように話をしたらどうかといいまして、おきたに百両出してやったそうです」

「当人は、これだけの金を渡してやれば、必ず、縁は切ってもらえるからと、いそいそと出かけて行ったというんですが、それっきり帰って来ません」

呉服屋のほうでは、養い親との間で話がこじれているといけないと、一日経って、仙五郎に相談して来た。

「それで、あっしが、おきたの養い親のところへ出かけて行ったんですが、そいつがまるっきりのでたらめでして……」

だんだん調べてみると、おきたという女が呉服屋の主人と知り合った店へ奉公に来た時に告げた素性というのも嘘っ八だった。

「品川の漁師で平六というのが亭主の名前で、その亭主が長患いで、金に困って奉公に出たっていってたそうですが、品川をどう調べても平六なんて者は居りませんでした」

亭主の長患いも、養い親の話も口からでまかせとなると、

「女は、百両をとって、消えちまったわけでして……いってみりゃあお目見得《めみえ》詐欺でさあ」

「凄い女だな」

「呉服屋じゃ、主人もお袋さんも、まだ信じられねえ有様で……」

それだけ、女の化けっぷりが見事だったのだろうと、仙五郎は苦笑している。

その夜の方月館の炉端では、やはり、おきたという女の噂話に花が咲いた。

おとせは一度、善助は二度、おきたという女をみているという。

「とても、そんな悪事をするような女にはみえませんでした。地味で大人しそうな、感じのいい印象で……」

と善助は盛んに首をふっていたが、おとせのほうは女だけに、かすかながら不審を感じていたらしい。

「どことなってうまくいえませんけれども、こちらが正面から顔をみると、視線をそらすようなところがあって……」

決して派手ではなかったが、色っぽい素振《そぶり》をする女だったといった。

「悪口になるといけませんが、女の私にむける目と、男の人に対するのが、ひどく違っていたような気がいたします」

そういう点に気がつくのは、おとせがかつて人間の地獄をかいまみて来たせいで、

「それにしても、病人の母親を抱えて、なかなかいい嫁がみつからないという男の弱点をねらうというのは、相当にしたたかだな」

おそらく、これまでにも似たりよったりの悪事を重ねているのではないかと東吾は思った。

三

狸穴から帰って来て三、四日、東吾は八丁堀の屋敷にいた。

次男坊の気易さで、別段、どこへ出かけようと誰に気がねのあるわけでもないのだが、大雪の後遺症が、あとからあとから出はじめて、屋根屋が来て瓦を取りかえるやら、大工が雨樋《あまどい》を修繕に来たりと、屋敷の中がごたごたしている。兄の通之進は一日中、奉行所だから、兄嫁の香苗がつい相談相手にするのは東吾で、この際、裏の枯れかけている杉の木を伐らせようかとか、枝折戸《しおりど》の幅をもう少し広くしたらどうかとか、およそたいしたことではないが、女一人で決断するには思いきりの悪い雑事を、香苗は気のいい義弟に訊ねては、安心して出入りの職人に指示をしている。

そうなると東吾のほうも、あまり無責任なことは出来なくて、杉の枯れ具合を植木屋と見に行ったり、出来かけの枝折戸を検分したりと、けっこうまめったく動き廻ることになる。

で、なんとなく「かわせみ」のるいの許へ出かけにくくなっていた午下りに、畝源三郎がくすぐったそうな顔でやって来た。

「まことに申しわけありませんが、ちょっと東吾さんのお智恵を拝借したいことがありまして……」

縁側にいた香苗に挨拶をして、東吾と一緒に神林家を出る。

「源さん、るいの奴が、なにかいったのか」

大方そんなことだろうと思って出て来たのだが、果して源三郎の足は大川端へ向っている。

「お吉に泣かれたんですよ」

豊海橋のほうから吹いてくる風に肩をすくめて、源三郎がいった。

「お吉だと……」

「馬鹿なことをいったばかりに、若先生が腹を立てて来て下さらなくなったと、べそをかいています」

「なんの話だ」

まるっきり、おぼえがなかった。

「かわせみの二階に、かけおち者が泊っているのは知っていますか。昼間っからべたべたして、ころんだのころがされたのと……」

「ああ、そいつのことか」

お吉が苦情をいっていたのを、東吾は思い出した。

「昼間から酒をくらって、ごろごろしているといっていたよ」

「別に、お吉は東吾さんへあてつけにいったわけではないそうです」

「当り前だ、俺が昼間っから酒なんか飲むか」

「酒のことは知りませんが、べたべたのほうは保証しかねますね」

え」

「冗談いうな。さしむかいで炬燵へ入ってるくらいで、やきもち焼かれちゃかなわね

へらず口を叩きながら、二人そろって「かわせみ」へ入って行くと、帳場の横の小部屋に若い男女がすわっていて、嘉助の苦り切った顔が、こっちをむいた。

「これは若先生、畝の旦那、ちょうどいいところへお出で下さいました。この二人の話をきいてやって下さいませんか」

嘉助にうながされて、なんとなく東吾と源三郎はそこへ上り込んだ。

東吾は、はじめてみる顔だが、源三郎は二人を知っているらしい。

「こちらは、沼津の茶問屋で、清水屋惣右衛門というお方の息子さんで惣吉さんとおっしゃいます」

嘉助が、まず若い男の本当の素性をいった。

「そちらのお女中は、宿帳では妹さんになって居りますが、今、うかがったところでは、お店の奉公人で、お町さんといわれるとか」

成程、これが梅の間の客かと東吾は気がついて、二人の顔をみくらべた。

「お前ら、かけおちか」

ぎょっとしたように惣吉が顔を上げ、お町のほうは下へ手を突いた。

「かくしたって始まらねえ、江戸の町方の旦那の目は節穴じゃねえんだ。お前達のことだって、宿帳あらためで、大方、見当はついている」

東吾の背後で、お株を奪われた恰好の源三郎がにやにやしている。

惣吉のほうは、ちょっと唇を嚙みしめるようにして、話し出した。

「たしかに手前共は、かけおち者でございます。親父がどうしても、お町と夫婦になるのを許してくれませんので、それなら、いっそ江戸へ出て、二人で暮しをたてたいと思い、出て参りました。決して、お上の御厄介をおかけするつもりはございません」

「暮しをたてるといったって、なにをするつもりなんだ。みたところ、腕に職があるとも思えねえが……」

世間知らずの、茶問屋の若旦那のようであった。力仕事をやらせたら、半日で顎《あご》を出しかねない。

「どこか、お江戸の茶問屋に奉公は出来ないものでしょうか。帳つけぐらいはなんとか」

傍から嘉助がいった。

「茶の見分け方とか、買いつけの方法などはご存じで……」

「いや、そういうことは親父がやっていましたので……」

商売はあまり好きではなく、体が弱かったこともあって、今まで店の手伝いなども、殆どしていないといった。

「親父は、私よりも後添えのおっ母さんが産んだ弟のほうを気に入っていて、茶畑などをみて廻る時も、弟を伴って行きましたし……」

「商売が好きではない者が、他人の店に奉公出来るのか。今まで若旦那でいた人間が、他人からこき使われることに辛抱が出来るのか」

東吾がいい、惣吉は、むっとした顔を見せた。

「その気になれば、やれないとは思いませんが……」

それまで黙っていた源三郎が口をはさんだ。

「お前、米の値段を知っているのか。親の財布から十両くすねてとび出したそうだが、もし、お前が他人の店へ奉公して、十両の金を貯めるのに何年かかるか、考えてみたことがあるのか」

お町が叫んだ。

「そういうことは、あたしがやります。若旦那にお金の苦労はさせません」

「お前が女中奉公をして稼いでくる給金で、惣吉にどれだけの暮しがさせられると思う。住むところ、着るもの、食べるもの、到底、この宿に泊っているようなわけには行かねえだろうよ」

三人の男たちが口を酸《す》っぱくして説ききかせても、若い二人は決してうなずこうとはしなかった。むしろ、反抗的な白い目で大人達をにらみつけ、最後まで口返答をやめなかった。

「どうも近頃の若い者は口が達者でございますな」

惣吉とお町が二階へ引きあげてから、東吾と源三郎について、るいの部屋へ来た嘉助が大きな吐息をついていった。

「なにをいってやっても、馬の耳に念仏で、つくづくいやになりました」

東吾と源三郎が、「かわせみ」へ来る半刻ばかり前から、嘉助は、あの二人に説教をしていたらしい。

「だから、あたしが無駄だっていったでしょう。あたしだって昨日、半日がかりで二人に話をして、結局、骨折り損のくたびれもうけだったんだから……」

酒の仕度をしていたるいが笑った。

「いっぺん、苦労してみないとわからないものなんでしょうね。それから気がついたんじゃ遅いと思うから、老婆心でいろいろ、いってみるんですけれど……」

「馬鹿は死ななきゃ治らんというからな」

東吾もいささか中《ちゅう》っ腹《ぱら》でいった。

「るいも嘉助も、もう、なにもいうな。好きにさせておけ」

「かわせみ」の家の者が、なにもいわなくなったのを幸いのように、惣吉とお町は毎日、帳場にあずけてある金の中のいくらかを出してもらっては出かけて行った。

女中達には仕事を探しているといいわけしていたが、浅草や日本橋などを見物して歩いているらしいのは、帰ってくる時に、抱えてくる買い物の包ですぐにわかった。

「田舎から出て来て、みるものがみんな欲しくなるのはわかりますが、少々、金遣いが荒いようで……」

嘉助は眉をしかめていたが、客があずけた金を出してくれというのを断るわけにも行かない。

それから二、三日が過ぎた夕方、まっ青になった惣吉とお町を、畝源三郎が伴って、「かわせみ」へ帰って来た。

「どうかしたんでございますか」

帳場に出ていたるいが声をかけ、二階へ行っていた嘉助もとんで来た。

「いや、この二人が、なにかしたわけではないのですよ。ただ、ちょいと、つまらないことに巻き込まれましてね」

今日の午後、日本橋の小大丸屋《こだいまるや》という呉服屋で、一人の女客が買い物の最中に、尾籠《びろう》ながら雪隠《せっちん》を借りたいといい出して、手代が奥へ案内したところ、やがて戻って来て、どうも気分が勝れないので買い物は又にするといい、そそくさと帰って行った。

たまたま、そのあとで町内の者が初午《はつうま》の寄附を取りに来て、主人が奥の部屋の用簞笥を開けたところ、しまっておいた財布と、奥むきの入用にとっておいた三十両ばかりがそっくりなくなっている。さては、先刻、雪隠を借りに奥へ入った女の仕業かと気がついて、すぐに近くの岡っ引が呼ばれ、一応、店にいた客が取調べを受けた。

「この二人が、その客の中に居たのですが、どうも、あまり、はきはきした返事が出来ないので、ひょっとすると同類かと疑われまして、番屋へつれて行かれました。そこへ、手前が立ち寄ったものでして……」

源三郎が身元引受人のような恰好で、二人をもらい下げて来た。

「そりゃ、とんだ災難でしたね」

岡っ引の中には結構、荒っぽい連中もいることで、若い二人はさぞかし肝《きも》をつぶしただろうとるいがいたわったが、惣吉もお町もろくに口がきけないほど怯《おび》え切っている。

もっとも、岡っ引が二人を疑ったのも無理のないところで、日本橋の小大丸屋といえばかなり高級な品物を扱っている老舗《しにせ》で、そうした店に、惣吉とお町は不釣合の客であったのだ。

翌日になって、東吾が「かわせみ」へ来た。

「源さんにきいたんだが、あの二人、どうしている」

今日も出かけたのかと訊かれて、るいは二階を見上げるようにした。

「部屋にひきこもっているみたいですよ。よっぽど、昨日のことが、こたえたようで……」

鉄瓶を持って来たお吉もいった。

「いくら、お金を持っているからって、身分不相応な買い物なんぞするから、お上の疑いを受けるんですよ、全く、困った人達で……」

「かわせみ」の庭には今日も植木屋が入っていた。

雪で竹垣が押し倒されたのを新しく作り直している。

「市五郎って人も来てるんですよ」

るいがそっと教えた。

「岩吉さんにひどく叱られたとかで、今日は神妙に仕事をしています」

東吾がのぞいてみると、成程、市五郎が植木のむこうで働いている。

「そういえば、岩吉さんに聞いたんですけど、あの人、かけおち者なんですって」

さしむかいになって、るいがいった。

「場所はどこだかいいませんでしたけど、家出なんぞしなければ、いい家の息子さんで、奉公人を何人も使っている身分ですって」

「女房は、店の女中か」

東吾が笑い、るいが手を振った。

「いいえ、近所の店の娘さんで、かけおちしたのは、どちらにも親の決めた人がいたからなんです」

双方の親は、約束のあった相手に義理をたてて、二人の恋を許さなかった。

「しかし、惚れ合ってかけおちまでした仲だとしたら、いい加減なもんじゃないか」

岩吉のところの若い衆の話では、市五郎夫婦の仲は、もう冷えている様子であった。

「だから、お吉と話したんですよ。十年も経つと人の心って変るもんでしょうかね」

「そこんところを訊いてみるんだな」

「訊いてもいいでしょうか」

「るいのようないい女が親切そうに訪ねたら、大抵の男は、洗いざらい喋りたくなるんじゃねえか」

「馬鹿ばっかし……」

東吾の前で笑っていたるいだったが、やがてお吉に茶菓子の用意をさせて縁側へ出て行った。市五郎を呼んで一服するよう勧めている。

炬燵に寝そべって、東吾は障子のこっちから聞き耳を立てている。

るいが話の水をむけると、市五郎は存外、すらすらと身の上話をはじめた。

「若え時の気持なんてのは、いい加減でござんして、いけねえといわれるとよけいにそっちの方向へ突っ走る。かあっとのぼせた分がさめちまうと、あとはなんにも残りゃしません」

江戸へ出て来て半月も経つと、なんでこんな馬鹿な真似をしたのかと思うようになり、気がふさいで仕方がなかったという。

「だったら、さっさと別れて、親御さんに詫びを入れたらよかったのに……」

るいの声がいささかむきになっている。心変りがしたというのが気に入らないのだろうと、東吾はおかしかった。

「実をいうと、一年目にそうしようと思ったことがあるんですが、親類を訪ねて行って親父にとりなしてもらおうと思ったら、親父は俺のことをあきらめて、弟に店をゆずっていました」

市五郎の女房になる筈だった娘が、弟と夫婦になって店を継いでいた。

「俺の帰る場所がなくなっていましたんで」

毎日が地獄になったのはそれからのことで、

「考えれば考えるほど、自分の失ったものが大きすぎる。たかが女一人のために一生を棒にふったのかと思い出すと、もう、いけません。なにをするのもいやになって、生きてることが馬鹿馬鹿しくなっちまうんです」

「それじゃ、おかみさんが気の毒じゃありませんか、おかみさんだって、なにもかも捨てて、お前さんについて来たんでしょうに」

「それはそうなんですが、むこうも大方、同じことを考えていると思うんです。あいつの家も、聟にする筈の男と妹が夫婦になってしまったんで……」

「知っているんですか、そのこと、おかみさんは……」

「知ってます。あんたと夫婦になるんじゃなかったが、もう、今更、とり返しがつかないとよくいってます」

「それじゃ二人共、みじめじゃありませんか。縁があって一緒になったのだから、せめて仲よく添いとげるとか」

男が暗い吐息をついた。

「そう思ったこともありますんですが、顔をみると腹が立って来て……むこうも同じことに違えねえんで……」

るいが部屋へ戻って来た時、東吾は軽い寝息を立ててねむり込んでいた。

梅の間の若い二人が、「かわせみ」を発ったのは、その翌日で、

「いろいろ考えましたが、どうも、江戸で暮すのは無理なようで、やっぱり、沼津へ帰ろうと決めました」

お町のほうも、箱根の畑宿にある実家へ帰るといい、それを送ってから沼津へ戻って親に詫びを入れるつもりだという。

「それがようございますよ。親御さんはさぞ、御心配なすっていらっしゃるでしょうから」

るいも嘉助も、ほっとして二人を見送ったのだが、

「考えてみたら馬鹿馬鹿しいじゃありませんか。そんなことなら、なにもかけおちなんぞしなくたってよさそうなものだのに……」

お吉の言葉で、つい、笑い出してしまった。

「男と女の仲って、熱しやすくてさめやすいって本当なんでしょうかねえ」

昨夜から居つづけの東吾へむかって、もやもやしたものをぶつけてみたが、笑っているだけで取り合ってくれない。

少し前までのるいならば、

「るいがお飽きになったら、いつでも捨てて下さいまし」

などと涙ぐんでいったものだが、この頃は到底、怖くて、そんな言葉は口に出せなくなった。

東吾に捨てられたら、生きてはいられないと思う一方で、東吾が決して自分を捨てるような男ではないと信じ切っているるいでもあった。

男と女の歳月は、心の深いところで強く結びつくか、そうでなければ年々、はなれて行くか、二つに一つではないかとるいは考えている。

その月の終りに、小大丸屋へ入った女泥棒が捕った。やはり、神田の呉服屋で同じような手口で盗みを働こうとしてみつかったもので、奉行所で調べてみると、それ以前の悪事が続々と出て来た。

「驚きましたな。飯倉の呉服屋で百両をだまし取った女もそいつでしたし、おまけに、市五郎の女房だったというのですから……」

おきたが牢へ入ってから、源三郎が神林家へやって来て、しきりにその話をしたが、東吾は他のことを考えていた。

沼津と箱根へそれぞれ帰って行った二人の若者のことであった。あの二人は果して人生のやり直しに間に合ったものだろうか。

「かわせみ」には岩吉がやって来て、市五郎が江戸から姿を消したことを知らせていた。

本書は一九八八年十月に刊行された文春文庫「酸漿《ほおずき》は殺しの口笛　御宿かわせみ7」の新装版です。

文春文庫

酸漿《ほおずき》は殺《ころ》しの口笛《くちぶえ》　御宿《おんやど》かわせみ7　定価はカバーに表示してあります

2004年11月10日　新装版第1刷
2014年1月25日　第6刷

著　者　平《ひら》岩《いわ》弓《ゆみ》枝《え》
発行者　羽鳥好之
発行所　株式会社　文藝春秋

東京都千代田区紀尾井町3-23　〒102-8008
TEL　03・3265・1211
文藝春秋ホームページ　http://www.bunshun.co.jp

落丁、乱丁本は、お手数ですが小社製作部宛お送り下さい。送料小社負担でお取替致します。

印刷・凸版印刷　製本・加藤製本　Printed in Japan
ISBN978-4-16-716888-9

（　）内は解説者。品切の節はご容赦下さい。

平岩弓枝
## 彩《さい》の女
（上下）

白は花嫁の色。女はこの日からさまざまな色に染められてゆく。禁じられた恋に身を灼いて、それぞれの人生をいろどってゆく母娘二代の哀しい愛と性を描き出した長篇ロマン。

ひ-1-3

平岩弓枝
## 藍の季節
若い女性の愛、ハイミスの恋、本妻と二号との関係、嫁と姑の確執など、さまざまな女の愛憎を鮮やかに描いた傑作短篇集。「藍の季節」「白い毛糸」「本妻さん」「下町育ち」「意地悪」収録。

ひ-1-7

平岩弓枝
## 他人《ひと》の花は赤い
美貌の隣人に懸想し妻子の留守中に束の間の情事を楽しんだその顚末は。表題作など切れ味抜群の作品集。「春よ来い」「非行少女」「つきそい」「異母兄妹」「稚い墓」他、全八篇収録。（伊東昌輝）
ひ-1-23

平岩弓枝
## 午後の恋人
（上下）
夫の愛人に子供が出来て離婚した明子は、四十にして歩き始めた第二の人生が、これ程華やいだものになるとは思わなかった。三人の男に言い寄られる女盛りの恋を描く。（高橋昌也）
ひ-1-24

平岩弓枝
## 花の影
佐保子の生涯を賭けた恋は、陽光に映え、風雨に耐えて美しく散った。桜の花の一日を八つに分けて、主人公の十代から八十代までになぞらえ、驕りの春に咲く恋の明暗を描く。

ひ-1-29

平岩弓枝
## かまくら三国志
（上下）
北条氏は将軍頼家の命を狙い源家の衰退を図る。頼朝の落胤・智太郎は宗像水軍を従え立ち向かう。水軍、朝廷、鎌倉幕府の関係をめぐる日本裏面史に挑む著者初の歴史長篇。（伊東昌輝）
ひ-1-45

平岩弓枝
## 秋色《しゅうしき》
（上下）

一人の男のエゴに振り回される三人の女。そしてそれは殺人事件をも引き起こす。建築家夫人、銀座の高級クラブのママ、女子大生、それぞれの生き方を通して現代の愛を描いた長篇。

ひ-1-48

（　）内は解説者。品切の節はご容赦下さい。

平岩弓枝
**絹の道**
商社の御曹司と人気デザイナー一族、それぞれの絹への熱い思いが、新しい愛を生む。イタリア、スイス、日本、香港を舞台に、シルクを愛した男と女が繰り広げる芳醇なるロマン。
ひ-1-64

平岩弓枝
**水鳥の関**（上下）
新居宿の本陣の娘お美也は亡夫の弟と恋に落ち、やがて妊《みごも》るが、愛する男は江戸へ旅立ち、思い余ったお美也は関所破りを試みる。波瀾に満ちた「女の一生」を描く時代長篇。（藤田昌司）
ひ-1-69

平岩弓枝
**妖怪**
水野忠邦の懐刀として天保の改革に尽力しつつも、改革の頓挫により失脚した鳥居忠耀。〝妖怪〟という異名まで奉られた悪役の実像とは？　官僚という立場を貫いた男の悲劇。（櫻井孝頴）
ひ-1-75

平岩弓枝　編
**「御宿かわせみ」読本**
累計一千万部を突破した人気シリーズの魅力を著者インタビュー、新珠三千代や名取裕子、沢口靖子などを交えた座談会、蓬田やすひろの絵入り名場面集、地図などで徹底紹介した一冊。
ひ-1-79

平岩弓枝
**獅子の座**　足利義満伝
室町幕府の全盛を築いた将軍・足利義満。天皇の地位を脅かし北山文化を繁栄させた栄華の裏で、乳人への秘めた恋に苛まれていた。新たな視点で人間・義満を描く渾身の長篇。（伊東昌輝）
ひ-1-80

平岩弓枝　編
**伴侶の死**
日本人は夫や妻の死をどのように受け止めてきたか。月刊『文藝春秋』に寄せられた手記から、平岩弓枝が選んだ感動の四十篇と、齋藤茂太氏との対談「伴侶の死を迎える心構え」を収録。
ひ-1-104

平岩弓枝
**女の顔**（上下）
幼い時に母と渡米したが、日本女性として厳しく育てられた津奈木まさき。母亡き後に単身帰国するが、親戚は冷たく、住み込み家政婦をして一人で生きてゆくことに。綾なす人間模様。
ひ-1-106

（　）内は解説者。品切の節はご容赦下さい。

平岩弓枝
## 水郷から来た女
御宿かわせみ3

表題作ほか、「秋の七福神」「江戸の初春」「湯の宿」「桐の花散る」「風鈴が切れた」「女がひとり」「夏の夜ばなし」「女主人殺人事件」の全九篇。旅籠の女主人るいと恋人で剣の達人・東吾の活躍。

ひ-1-84

平岩弓枝
## 山茶花《さざんか》は見た
御宿かわせみ4

表題作ほか、「女難剣難」「江戸の怪猫」「鴉を飼う女」「鬼女」「ぼてふり安」「人は見かけに」「夕涼み殺人事件」の全八篇。女主人るい、恋人の東吾とその親友・畝源三郎が江戸の悪にいどむ。

ひ-1-85

平岩弓枝
## 幽霊殺し
御宿かわせみ5

表題作ほか、「恋ふたたび」「奥女中の死」「川のほとり」「源三郎の恋」「秋色佃島」「三つ橋渡った」の全七篇。江戸の風物と人情、そして「かわせみ」の女主人るいと恋人の東吾の色模様も描く。

ひ-1-86

平岩弓枝
## 狐の嫁入り
御宿かわせみ6

表題作ほか、「師走の月」「迎春忍川」「梅一輪」「千鳥が啼いた」「子はかすがい」の全六篇を収録。美人で涙もろい女主人るい、恋人の東吾、幼なじみの同心・畝源三郎の名トリオの活躍。

ひ-1-88

平岩弓枝
## 酸漿《ほおずき》は殺しの口笛
御宿かわせみ7

表題作ほか、「春色大川端」「玉菊燈籠の女」「能役者、清大夫」「冬の月」「雪の朝」の全六篇を収録。おなじみの人物を縦横に活躍させて、江戸の風物と人情を豊かにうたいあげる。

ひ-1-89

平岩弓枝
## 白萩屋敷の月
御宿かわせみ8

表題作ほか、天野宗太郎が初登場する「美男の医者」「恋娘」「絵馬の文字」「水戸の梅」「持参嫁」「幽霊亭の女」「藤屋の火事」の全八篇。ご存じ〝かわせみ〟の面々が大活躍する人情捕物帳。

ひ-1-90

平岩弓枝
## 一両二分の女
御宿かわせみ9

表題作ほか、「むかし昔の」「黄菊白菊」「猫屋敷の怪」「藍染川」「美人の女中」「白藤検校の娘」「川越から来た女」の全八篇。江戸の四季を背景に、人間模様を情緒豊かに描く人気シリーズ。

ひ-1-91

（　）内は解説者。品切の節はご容赦下さい。

平岩弓枝
**江戸の精霊流し**
御宿かわせみ31

「かわせみ」に新しくやって来た年増の女中おつまの生き方と精霊流しの哀感が胸に迫る表題作ほか、「夜鷹そばや五郎八」「野老沢の肝っ玉おっ母あ」「昼顔の咲く家」など全八篇収録。

ひ-1-103

平岩弓枝
**十三歳の仲人**
御宿かわせみ32

女中頭お吉の秘蔵っ子、働き者のお石の縁談に涙する「かわせみ」の人々。覚悟を決めたお石は意中の人と結ばれるのか。表題作ほか、「成田詣での旅」「代々木野の金魚まつり」など全八篇。

ひ-1-105

平岩弓枝
**小判商人**
御宿かわせみ33

日米間の不平等な通貨の流通を利用して、闇の両替で私腹を肥やす小判商人。その犯罪を追って東吾や源三郎、麻太郎や源太郎が活躍する表題作ほか、幕末に揺れる江戸を描く全七篇を収録。

ひ-1-108

平岩弓枝
**浮かれ黄蝶**
御宿かわせみ34

麻生家に通う途中で見かけた新内流しの娘の視線に、思惑を量りかねる麻太郎だが……。表題作ほか、「捨てられた娘」「清水屋の人々」など「江戸のかわせみ」の掉尾を飾る全八篇。

ひ-1-114

平岩弓枝
**新・御宿かわせみ**

時は移り明治の初年。幕末の混乱は「かわせみ」にも降り懸かる。次代を背負う若者たちは悲しみを胸に抱えながらも、激動の時代を確かに歩み出す。大河小説第二部、堂々のスタート。

ひ-1-115

平岩弓枝
**華族夫人の忘れもの**
新・御宿かわせみ2

「かわせみ」に逗留する華族夫人の蝶子は、思いのほか気さくな人柄。しかし、常客の案内で、築地居留地で賭事に興じて、るいの留守を預かる千春を心配させる。表題作ほか全六篇を収録。

ひ-1-117

平岩弓枝
**花世の立春**
新・御宿かわせみ3

「立春に結婚しましょう」――七日後に急に祝言をあげる決意をした花世と源太郎はてんてこ舞い！　若き二人の門出を描くみずみずしい表題作ほか珠玉の六篇。

ひ-1-120